단편소설 독작술

단편소설 독작술

1판 1쇄 발행 · 2013년 10월 10일
1판 2쇄 발행 · 2018년 2월 23일

지은이 · 박덕규
펴낸이 · 한봉숙
펴낸곳 · 푸른사상
주간 · 맹문재 | 편집 · 김재호 | 교정 · 김소영

등록 · 1999년 7월 8일 제2-2876호
주소 · 서울시 중구 충무로 29(초동) 아시아미디어타워 502호
대표전화 · 02) 2268-8706(7) | 팩시밀리 · 02) 2268-8708
이메일 · prun21c@hanmail.net / prunsasang@naver.com
홈페이지 · http://www.prun21c.com

ⓒ 박덕규, 2013

ISBN 979-11-308-0017-2 03800

값 15,000원

01

단편소설
독작술

박덕규

푸른사상
PRUNSASANG

보통의 소설창작론 책에 비해 이 책은 특히 두 가지 분야에 집중하면서 전개되고 있다.

하나는 소위 플롯(plot)에 관한 것인데, 무엇보다 한 작품에 활용되는 여러 주요 사건을 짧은 시간상황에 집약하면서 얻는 효과에 대한 설명이다. 다른 하나는 화자(narrator)와 시점(point of view)에 관한 것인데, 작가가 작품상황을 원활하게 이끌기 위해 채택한 서술자가 어떻게 기능하는가에 따라 달라지는 창작 성과에 대한 설명이다. 이 둘을 각각 1, 2부로 나누어 유독 강조한 것은, 어릴 때부터 읽어오고 써온 단편소설에 대한 내 특별한 감각과, 오랜 창작 강의에서 실증적으로 축적한 지식에 대한 신뢰에서 비롯된 것이다.

상대적으로 주제론, 소재론, 캐릭터론, 배경론, 문체론 등은 많은 지면을 주지 않고 3부의 작은 단원으로 분산해 설명했다.

앞의 두 주제에 비해 이것들은 창작 현장에서 너무 많은 경우의 수를 만나기 때문에 아무리 잘 설명해도 그 실효가 크지 않으리라는 판단이 작용했다. 그러나 짧은 글들로나마 이즈음 소설 습작을 하는 사람들이 쉽게 놓치고 있거나 미처 고려하지 못하는 문제를 짚어 보았다. 이중에서 소재론에 해당하는 '도구 활용법'이나 문체론에 해당하는 '묘사법' 등은 확장하고 심화해서 각각 다른 실기론 책으로 낼 궁리도 하고 있다.

이 책과 더불어 미리 읽거나 함께 읽어야 할 작품은 책 끝 '찾아보기'에 기재된 것으로 확인해 주었으면 한다. 그 작품들을 여기에 몇 편이라도 실어 보려 했지만 사정이 여의치 않았고, 대신 설명을 편하게 하기 위해 오 헨리의 「이십 년 뒤」와 내 단편 1편, 소품 1편만을 수록했다. 그중 한 편을 배치한 4부에 창작과정을 정리한 글을 첨부해, 실제 습작과정에 있는 사람들에게 '창작물과 그 배경'에 대한 이해를 도우려 했다. 「이십 년 뒤」는 알려진 많은 번역문에 감히 손을 대 이즈음 감각에 맞게 교열했고, 내 작품은 소설집에 실은 것들을 가져왔다.

앞서 낸 창작실기론 『소설보다 재미있는 소설쓰기』(랜덤하우스, 2007)에 미흡한 대목이 많아 이를 보완한다는 기분으로 시작했으나, 결국 전체를 새로 쓰다시피 했다. 통폐합과정에서 몇 단원은 사라졌고, 여러 단원은 새로 생겨났다. 사례 설명도 보다 명료하게 이끌었고, 예문도 비교적 넉넉하게 늘렸다. 핵심 내용이라 할 수 있는 1, 2부는 이제 이만하면 플롯론, 시점론에서 어디 내놓아도 좋겠다 싶은 허욕마저 전에 없이 생겨났다. 워낙 원론적 바탕이 약해 국내외 저서를 두서없이 참조하고 이론과 용어를 원용했으나, 어떤 부분은 우리 실정에 맞추어 새 용어와 새 그림을 내세우게 되어 마치 내가 새 학설을 세운 거나 아닌지 착각하기도 했다.

이 얇은 책 한 권을 읽고 단번에 그럴싸한 소설 한 편을 완성할 수 있을까만, 그래도 창작하는 도중에 벽에 부딪칠 때마다 작게나마 돌파구 같은 걸 만들 수 있으리라 자부심을 가져본다. 이에 따라 혼자 짓는 기술(獨作術)이라는 말도 떠올렸고, 또는 읽고 쓰는 과정을 되풀이함으로써(獨作述) 쓰는 능력을 최상으로 높인다는 의미도 생각해 '단편소설 독작술'이라는 제목을 붙였다.
어려운 환경에서도 거리낌없이 책을 내주시는 푸른사상에 감사드린다.

2013년 10월
마포 한강변에 와서
박덕규

▶▶▶ **차례**

제3부 | 어떻게 익힐 것인가

제4부 | 이렇게 쓸 수 있다

40장 소설부터
시작하자

두려워 말자. 지금 우리가 쓰려는 글은 단편소설이다. 단편소설은 소설 중에서 어떤 것을 뜻하는가? 이걸 모르는 사람은 없겠지만 소통을 원활하게 하기 위해서 설명하고 넘어가자. 우리가 흔히 단편소설이다, 중편소설이다, 장편소설이다 하고 말하는 기준은 원고 분량에 있다. 한국의 대표적인 작가 등용문인 신춘문예나 문예지 신인상에서 요구하는 분량은 대개 200자 원고지 70장 안팎이라고 명시되곤 한다. 실제 당선되는 작품은 이보다 분량이 많아 100장을 넘기가 예사다. 1960~70년대까지는 대개 60~70장 분량이면 족하던 것이 최근에는 문학사전에 150장 안팎이라고 기재돼 있을 정도로 분량이 늘어나 있다.

그러나 이런 단편소설의 원고 분량에 대해서는 좀 탄력적으로 이해할 필요가 있다. 가령 온 국민이 즐겨 읽는 황순원의 「소나기」(1953)는 40장도 채 되지 않는 짧은 소설이다. 현진건의 「운수 좋은 날」(1924), 이효석의 「메밀꽃 필 무렵」(1936), 김유정의 「동백꽃」(1936) 등도 40~50장 수준이다. 일반에게 잘 알려져 있지 않지만 이 책에서 자주 소개하게 될 최인훈의 「달과 소년병(少年兵)」(1983)은 30장도 채 되지 않는다. 오 헨리의 「이십 년 뒤」, 알퐁스 도데의 「별」, 기 드 모파상의 「목걸이」, 안톤 체호프의 「귀여운 여인」 등도 그 정도 분량이다.*

20세기 종반에 이르러서는 이런 정도의 짧은 단편소설은 보기 힘들어지긴 했지만, 사실 이들 명작 단편의 예로 보건대 대체로 40장 정도라면 단편소설로서 갖출 덕목은 모두 갖출 수 있다는 얘기가 된다. 좀 더 늘려 잡는다면 한글 프로그램의 계산법에 따른 글자 수로 8,000자 정도면 될 성싶다. 이는 8,000자 길이의 소설을 완성하는 데도 그 이상 분량의 소설을 완성할 때와 마찬가지로 소설창작의 많은 것을 동시에 실현하고 체득할 수 있다는 뜻이다. 그러니까 단편소설을 쓴다고 할 때 지나치게 욕심 부리지 말고 8,000자 소설을 한 편 써보자는 거다.

---

* 단편소설 중에 특히 더 짧은 분량의 소설을 흔히 콩트, 장편소설(掌篇小說), 엽편소설(葉篇小說)로 부른다. conte(프랑스), short short story(미국), 超短篇小說(일본) 등의 이름도 있다. 중남미문학의 짧은 소설을 우리 식으로 받아들인 미니픽션이나 인터넷 공간의 가독성에 부응하는 플래시픽션(flashfiction), A4 용지를 기준으로 한 '두 바닥 소설' 등도 쓰이고 있다.

플롯, 주제에 대한 확신, 문체의 정립, 초점화, 상징화, 캐릭터 창출 따위의 다양한 인식적·방법적 내용이 원고지 100장 이상 분량의 소설에 담기는 것과 마찬가지로 8,000자 분량에도 그런 요소들이 어김없이 수렴될 수 있다. 욕심내지 말자. 이제 우리는 소설이 가진 모든 것을 내재한 8,000자짜리 소설 한 편을 쓴다고 생각하자. 한 편의 길지 않은 단편소설을 완성해가는 과정을 통해 결과적으로 '소설다운 소설 한 편'을 얻으면서 동시에 소설의 기본적이고 정통적인 것을 경험할 수 있다면 그보다 좋은 게 있을 것인가.

몇 장 길이의 소설을 쓰건, 소설을 쓰려면 소설이 무엇인가를 알고 써야 하지 않겠느냐고 생각할 수 있다. 당연하다. 소설이 무엇인가를 모르고 소설을 어떻게 쓰겠는가? 그런데 사실은 소설을 쓰겠다고 마음먹은 사람이 소설이란 게 뭔지를 아예 모르고 있지는 않을 것이다. 하기는 소설에 대한 이해가 부족한 사람도 있기는 할 테다. 그러나 대개 소설은 이야기로 되어 있고, 어떤 인물이 어떤 사건을 겪게 되면서 갈등하고 그로부터 어떤 긴장되는 상황이 조성된다는 정도는 알고 있게 마련이다. 또는 더 논리적인 태도로, 소설이 이야기는 이야기인데 특별한 의도로 그것의 시간적 흐름을 조정해 재구성한 이야기이며, 통상 작가 스스로가 직접 나서서 그 이야기를 하지 않고 작가가 아닌 어떤 존재를 내세워 말하는 방법을 취하고 있다는 사실까지 잘 이해하는 사람도 있을 것이다. 이처럼 소설이란 무엇인가에 대해 나름대로는 지식도 있고 게다가 지금 당장 소설 한 편을 완성했으면 하는 열의와 초조감까지 있는 그런 사람들 앞에서 새삼스럽게 소설이란 무엇인가 하고 장황하게 설명하는 게 불필요할 때가 많다.

그런데 자신이 아는 수준에서 일단 소설창작에 뛰어든 많은 습작생의 경우, 대개 창작과정에서 처음 구상과는 달리 의외로 많은 자기모순을 겪게 되면서 쉽게 난관에 부닥치게 된다. 스토리에 대한 생각은 앞서 나가는데 막상 어휘 선택이 마땅찮고 문장과 문장 간에 연결 고리가 약해져서 더 이상 글이 써지지 않는다거나, 써나갈수록 먼저 쓴 내용과 어긋난 사실들이 생겨나 그때껏 써온 내용을 고치는 데 지나치게 몰두해야 한다거나, 스토리 전개도 재미있고 캐릭터도 잘 살아 움직이고 있는 듯한데도 자신이 써가는 얘기가 무슨 의미를 내포하는 것인지 해명하기가 점점 막연해진다거나 하는 등등…… 결국에는 완성도 못하고 중도에서 손을 놓거나, 억지로 완성을 했다 하더라도 스스로 생각해도 도무지 꼴이 안 되는 함량 미달인 그런 소설을 완성한 사례가 적지 않을 것이다.

단정적으로 말하면, 그런 식으로 쓰고 있는 소설은 설사 완성품을 낸다 해도 자신의 소설창작 인생에 큰 도움이 되지 않는다. 한 편의 에세이나 한 편의 시를 완성하기 위해 바친 표현이나 문장은 다른 에세이나 시를 쓸 때 새로이 활용되는 사례가 많다. 그러나 쓰다가 만 소설은 거의 그렇지 않다. 억지로 완성품이라고 믿고 습작을 완료한 소설의 경우도 물론 완성해보지 않은 것보다야 낫겠지만 궁극적으로는 별 도움이 되지 않는다. 소설창작에서 실패가 주는 교훈은 '나는 소설을 쓸 수 없다'는 포기론을 정립하는 것 외에는 없다고 생각하는 것이 좋다. 중도에 그만두는 일 없이 지속적으로 밀고 나가 나름으로 의미를 띨 수 있는 형태로 완성하는 경험일 때만 그 소설창작의 경험은 그 자체로도 큰 수확이고 나아가 다음의 창작에 큰 자양이 될 수 있다.

따라서 창작자가 한 편의 소설을 창작하려면 되도록 난관에 부딪치는 일이 적어야 하고, 만일 부딪치더라도 그것을 슬기롭게 극복해내야 한다. 우리에게 필요한 것은 시행착오를 줄이고 그래도 어쩔 수 없이 만나는 역경을 지혜를 다해 극복해나가 한 편의 의미 있는 소설을 완성해보는 일이니까. 이 책이 말하는 40장 소설은 그런 의미이다. 바로, 8,000자짜리 소설을, 지금 시작하는 거다. 두려워 말자. 8,000자짜리라면, 쓰면서 배우고 깨치면서 쓰는 과정으로 가능하지 않겠는가.

제1부

어떻게 짤 것인가

뼈 한 조각으로
공룡을 복원한다

　　습작생들 중에서 자신이 겪은 이야기만 잘 풀
어도 멋진 소설이 될 수 있다고 믿는 사람이 많다. 늦은 나이에
소설창작에 뛰어든 사람일수록 그런 경향은 더 짙다. "내가 겪은
일만 해도 열 권짜리 대하소설은 될 거야." 이런 식으로 말하는
사람이 말로 그치지 않고 진짜 소설을 쓰겠다고 시도하는 경우
도 있다. 그들은 소설이 인생사를 다루는 이야기라는 사실을 잘
알고 있는 사람이다. 숱한 위기와 역경을 헤쳐나간 사연은 언제
읽어도 재미있고 그만큼 감동적일 수 있다.

　　문제는 실제로 그 사연을 글로 그대로 담기가 어렵다는 데 있
다. 설사 글로 옮겼다고 해도 그게 감동적일지 어떨지는 전혀 알
수 없고, 또 그걸 소설이라고 말하기도 쉽지 않을 것이다. 글로
옮기지 말고 그 사람이 말로 하는 이야기를 그대로 녹음해서 들

려준다면 혹시 실감은 날 수 있을지언정 그걸 소설이라 부르지는 않는다. 소설 중에 그런 사연을 모두 담을 수 있는 그릇으로는 대개 동북아 3국에서 오랫동안 유행해온 대하소설류가 가장 적당하다. 우리가 지금 쓰고 있는 단편소설에는 그 사연들이 모두 들어갈 수가 없다. 단편소설에 길고 복잡한 인생사가 수렴되지 않는다는 말이 아니다. 무엇보다 그 사연들을 파노라마처럼 늘어놓을 공간이 없다는 얘기다.

가령 이런 얘기가 있다. 1930년대 서간도로 이주해 농사를 지으며 살고 있던 한 가족이 있었다. 왜병들이 간도를 점령하면서 그 일대를 쑥대밭으로 만들었다. 게다가 독립군들이 왜병을 습격해 피해를 입히는 일이 발생하자 왜병들의 횡포는 극에 달해갔다. 이 가족들이 사는 마을에 독립군들이 다녀간 흔적을 보게 된 왜병은 마을 사람들을 몰살한다. 소년은 자기 눈으로 가족이 참살당하는 장면을 목격한 후 스스로 독립군 소년병이 된다. 복수의 일념으로 열심히 독립군 생활을 한 소년병은 특히 남다른 사격술로 주목받는다. 마침 왜 총독이 두만강 이남 지역에 시찰하러 온다는 첩보를 접한 독립군 대장은 사격에 뛰어난 소년병을 조장에 딸려보낸다. 조장과 소년병은 두만강 북쪽에서 남쪽의 왜병 주둔지 학교를 정찰하면서 왜 총독의 출현을 기다린다…….

이런 사연이라면, 아마도 간도를 무대로 하고 있는 안수길의

『북간도(北間島)』(1959~1967)나 박경리의 『토지(土地)』(1969~1994), 김주영의 『야정(野丁)』(1991) 같은 대하소설의 주요 인물 이야기쯤으로 짐작될 것이다. 소년병은 결국 왜 총독 암살에 실패하고 왜병들에게 쫓겨 간도의 산악과 벌판을 헤매면서 온갖 역경에 부닥칠 게 아닌가. 왜병에게 쫓기는 절체절명의 순간 벼랑 끝에서 굴러 떨어져 죽은 몸이 된 줄 알았는데 누군가의 손길에 구조되고, 알고 보니 구원자의 집은 소년병에게는 원수 같은 집안이었으며……. 이런 식으로 흘러가는 이야기는 얼마나 극적이고 재미있겠는가. 그런데 이 사연을 담은 실제의 소설 한 편은 그리 긴 소설이 아니다. 앞서 제목을 밝힌 바 있는 최인훈의 짧은 단편소설 「달과 소년병」에 바로 그 길고 긴 현대사의 스토리가 담겨 있다. 그러나 정작 소설의 표면에 흐르는 이야기는 다음과 같다.

소년병은 조장과 함께 망원경을 통해 두만강 이남을 보며 왜 총독의 출현을 기다리고 있다가 결국에는 왜 총독이 오지 않자 3일 만에 관측을 끝내고 철수하게 된다.

보통의 소설에서 자랑하게 마련인 주인공 소년병의 기구한 생애는 이 소설에서 딱 두 번 간단히 설명된다. 한 번은 동행한 조장이 마음속으로 소년병의 지난 과거를 들춰내는 부분에서 "사격에 뛰어나 뽑혀오게 된 소년이 고향에서 일가가 모두 왜병들에게 참살되고 천애 고아가 된 처지"임을 알고 있는 것으로 서술된다. 또 한 번은 왜 총독이 이미 다녀간 것을 알고 철수하는 동안 소년병이 잠을 자다가 말고 달을 보며 "만주에서 죽은 누나며 고향에서의 일이며 부모님이 참살되던 날의 일, 외삼촌네와 함께 고향을 떠나던 일, 누나가 죽고 독립군에 들어오던 때의 일"을 떠올리는 것으로 나타난다. 대신, 이 소설은 두만강 너머를 망보기하던 소년병이 왜병과 학교 아이들이 서로 어울려 노는 평화로운 광경을 목격한 충격을 중심으로 스토리를 전개해 나가고 있다. 가족사의 사연을 배경으로 하고는 있으나 그것은 후경(後景)으로 물러나 있고, 소년병이 조장과 함께 두만강 남쪽 관측 임무를 마치고 돌아가는 3박 4일 동안의 일이 전경(前景)으로 나와 있는 구조다.

우리가 짧은 단편소설을 창작하는 이유도 이런 데 있다. 문학작품은 어차피 인생의 많은 것 중에서 어떤 특정한 내용을 내세워 인생 전체를 대신해줌으로써 성립된다. 사소해 보일 수도 있는 특정한 사건을 앞세워 장황하고 복잡하고 긴 사연을 짐작하게 만드는 가운데 형성되는 소설을 우리는 연마해야 한다. 오늘날 수억 년 전 지구를 지배한 공룡의 실체를 파악하는 데는 공룡이 남긴 손톱만 한 뼛조각 화석만 있어도 가능하다고 한다. 우리의 단편소설은 바로 누군가의 뼛조각 한 점을 주워 올려 그 뼈에 서린 오랜 생명을 알게 하는 것과 같은 것이다.

물질을 재는 가장 작은 계량 단위로 '나노'라는 말이 쓰이고 있다. 난쟁이를 뜻하는 고대 그리스어 '나노스(nanos)'에 어원을 두고 있는 '나노'는 10억 분의 1이라는 의미를 띤다. 즉, 나노세컨드(ns)는 1/1,000,000,000초, 나노미터(nm)는 1/1,000,000,000미터를 가리킨다. 1나노미터는 머리카락 굵기의 1/100,000 정도 크기로 그 안에 보통 원자 3~4개가 들어가는바, 아무리 원형이 파손된 생물일지라도 1나노미터 길이의 성분만 남아 있으면 그 생물을 고스란히 복원할 수 있다고 한다.

단편소설은 극단적으로 말해 1나노세컨드만큼의 시간대만 얘기하는 데도 한 사람의 인생, 여러 대에 걸친 가족사, 수백 대에 걸친 민족사의 흔적이 묻어 나와야 한다. 역으로 말하면, 어떤 나노를 선택해야 그 10억 배에 해당하는 사연을 대표할 수 있는지, 과연 내가 선택한 한 부분이 길고 복잡한 인생사를 대신해 주고 대표할 만한 일인지 바로 그 '나노'를 찾는 일이 중요하다고 볼 수 있다.

과거, 현재, 미래,
그중에 제일은 지금이다

많은 습작생들은 창작에 임하면서 그리 치밀하게 계획을 세우지 않는다. 구상의 타당성 검토, 충분한 자료 확보, 스토리구성과 그에 따른 분량의 배분, 문체와 시점의 결정, 집필 시간 계획 등으로 나름대로 준비를 한다고 하지만 실은 그 계획이 모두 건성건성이기가 보통이다. 그렇기 때문에 실패할 확률이 높을 수밖에 없다. 많은 소설창작론 책들이 열심히 준비하고 계획을 세우고 창작에 임하라고 가르치고 있는 것도 이런 까닭인데, 그럼에도 불구하고 이 책은 처음부터 그런 준비에 대해 말하지 않는다.

이유는 간단하다. 아무리 준비를 많이 하라고 가르쳐도 제대로 준비하지 않고 실행에 옮긴 쪽이 훨씬 더 많기 때문이다. 더 정확하게 말하면 아무리 준비를 많이 해도 대개는 그 준비란 것이 허점투성이여서 실행에 옮기는 그 순간부터 이미 무수한 암초가 눈앞으로 닥치는 걸 느끼게 되기 때문이다. 어쩌면 먼저 생각하고 나중에 실행하는 쪽보다 일단 실행부터 하려 드는 게 모든 창작가의 속성일지도 모른다. 사실 지금 소설가가 되어 활동하는 사람들도 철저한 계획으로 창작에 임해서 좋은 소설을 쓰고 있다고 말하기는 어렵다. 따라서 이 책은 계획을 철저하게 세우건 그렇지 않건 일단 소설창작에 뛰어드는 사람들을 위해 일단 한 가지 표본적인 창작실기를 제시한다.

습작생들이 스토리를 다루는 태도는 크게 보면 두 가지이다. 하나는 사연 많은 인생사를 전면에 내세우는 예다. 이런 경우 대개 스토리의 밀도가 떨어지는 약점을 쉽게 드러낸다. 다른 하나는 이와 반대로 그런 인생사가 거의 배어 나오지 않는 사소한 일상, 주로 남녀간의 연애이야기 같은 세태담을 앞세운 예다. 이런 경우 대체로 사소한 재미에 치중해 결과적으로 삶에 대한 진지한 성찰을 유도해내지 못하는 약점을 드러낸다. 어떤 경우든 우리가 원하는 소설의 주된 내용으로는 적합하다고 볼 수 없다. 이럴 때 그 습작생들에게 지적해야 할 것이 바로 사건의 시제에 관한 것이다. 즉, 작가는 시제에 대한 인식이 명료해야 하는바 그 내용을 말하면 이렇다.

작가는 스스로 전개시키고 있는 스토리를 크게 현재적 시간과 과거 시간, 2개 시제의 시간대로 나누고 그것을 필요에 따라 적절한 관련을 맺는 구조를 만들어야 한다. 가령 앞서 예를 든 최인훈의 「달과 소년병」도 크게 보아 2개 시제의 시간대가 활용되고 있음을 알 수 있다.

스토리 전개상 소년병이 두만강 북쪽에서 정찰을 하다가 길을 떠나는 과정은 현재의 일에 해당하고, 소년병이 마음속으로 떠올리는 가족 피살 사건을 비롯한 가족사의 경험은 과거의 일에 해당한다. 즉, 이 소설은 현재의 시간상황에 과거의 시간상황을 내포하고 있는 플롯(plot)이다. 그중에서 현재의 시간상황은 사나흘 동안에 벌어진 일이고 과거의 시간상황은 여러 해를 두고 행해진 사건이다. 짧은 시간 동안에 전개된 현재의 사건이 소설의 전경에서 펼쳐지는 동안, 오랜 시간에 걸쳐 전개된 과거의 사건이 간헐적으로 짧게 활용되는 형태를 취하면서 지금과 같은 시간의 구조물을 형성하게 된 것이다.*

바로 이렇게, 짧은 동안 벌어진 현재의 사건으로 오랫동안 벌어진 과거의 사건을 조금씩 불러내는 구조야말로 현대 단편소설

---

* 소설구성에서 현재적 시간과 과거 시간의 2개 시제를 설정하는 것이 매우 중요하다고 했는데, 스토리 전개과정에서 미래 시간이라는 시제가 설정되기도 한다. 예를 들어 「달과 소년병」에서 소년병과 조장이 두만강 남쪽의 학교 운동장에 왜 총독이 방문할 수 있다는 사실을 전제로 그곳에 와 있었는데, 이때 왜 총독의 방문이라는 사건은 소년병과 조장이 처한 현재적 시간에 비해 미래 시간에 생길 수 있는 일이다. 소설에는 이렇듯 현재, 과거, 미래라는 시제가 모두 나타나지만 구성상에서 현저하게 두드러지는 문제는 주로 현재적 시간과 과거 시간이라 할 수 있다.

이 가장 선호하는 형태다. 원고지 30장 분량도 채 되지 않은 「달과 소년병」의 예만으로 이를 믿을 수 없다면 이 자리에서 수백 편의 예를 더 들어보일 수 있다. 그중 우선 이효석의 「메밀꽃 필 무렵」을 떠올리며 다음 질문에 답해보자.

1) 이 소설의 현재적 상황을 설명하라.
 — 허생원과 그 일행은 봉평 장에서 일을 마친 밤에 다음 장터인 대화로 이동한다.
2) 이 소설에서 중요하게 상기되는 과거 사건을 설명하라.
 — 허생원은 젊은 날 성서방네 처녀와 하룻밤 정분을 나눈 일을 습관적으로 회상한다.
3) 위 두 시간대의 사건들은 서로 어떤 관련을 맺고 있는가?
 — 동이가 허생원과 성서방네 처녀의 정분으로 난 아들이라는 암시가 이루어진다.

「메밀꽃 필 무렵」의 서사는 거칠게 보면 위에서 본 바와 같이 1)의 상황 **허생원 일행의 밤의 여정**에 2)의 상황 **허생원과 성서방네 처녀의 하룻밤 정분**이라는 과거사가 개입되면서 3)의 상황 **동이가 허생원의 아들일 수 있다는 암시로 매듭**되는 과정으로 구축된다.

김승옥의 「무진기행」(1964)은 어떤가? 이 소설은 **1) 주인공이 무진에 와서 며칠 머물다 곧 떠나게 되는 현재적 시간**에, **2) 과거**

에 그가 무진에 몇 차례 와서 머물렀던 경험들이 회상으로 얹어지면서, **3) 그로부터 기대된 새로운 일탈의 기대가 좌절**되는 서사 구조를 지니고 있다. 황석영의 「삼포 가는 길」(1973)에 대해서도 위와 똑같은 질문이 가능하고, 그 답도 그리 어려운 게 아니다. 이 소설도 **1) 주인공 일행이 우연히 만나 길을 가는 한나절 동안**의 스토리가 현재적 시간상황으로 전개되고 있고, **2) 틈틈이 그들의 과거가 회상이나 대화**로 나타나면서 **3) 그들의 깊은 유대감을 확인**하게 되는 서사 구조다.

여기서 우선 습작생들이 떠올려야 할 교훈은 이렇다. 많은 소설이 현재적 시간상황으로 전개되는 스토리를 중심으로 과거 시간상황의 스토리가 개입되면서 새로운 국면을 낳는 구조물이라는 사실을 이해하자. 여기에서 놓치지 말아야 할 것은 현재적 시간의 상황을 적절한 시간대로 제한해야 한다는 것이다. 현재적 시간의 상황을 하루 이내의 시간으로 제한해둔 소설만 예로 들어보면, 「운수 좋은 날」(현진건), 「동백꽃」(김유정), 「수난이대」(하근찬), 「동행」(전상국), 「강」(서정인), 「4월의 끝」(한수산), 「삼포 가는 길」(황석영), 「어둠의 혼」(김원일), 「해신의 늪」(한승원), 「눈길」(이청준), 「사평역」(임철우), 「파로호」(오정희), 「제부도」(서하진), 「목련공원」(이승우) 등이다.

소설의 현재적 시간을 이런 식으로 제한한 다음이라야 그만큼 소설의 플롯을 짜기가 유리할 뿐 아니라 내용의 압축과 작품의 통일성, 상징적 효과를 얻는 데도 효과적이다. 참고로 서구에서 20세기 최대 걸작으로 자랑하는 제임스 조이스의 『율리시스』(1922)는 우리 식으로 치면 장편소설 두 권 분량 이상인데도 소설구성상의 현재적 시간이 하루가 못 되고, 구 소련에서 추방당한 노벨문학상 수상 작가 솔제니친의 『이반 데니소비치의 하루』(1962) 역시 하루 동안의 일을 현재적 시간대로 두고 있는 소설이다.

물론 현재적 시간상황을 제한하지 않은 소설의 플롯 역시 다채롭게 성과를 올린 바 있지만, 현재적 시간상황을 제한하고 제한된 그 시간에 개입할 수 있는 과거 상황을 연계하는 형태야말로 가장 효과적인 습작 모범이 될 수 있다는 뜻에서 이를 강조해 두는 것이다.

픽션
게임

박덕규

그렇게 설명했는데도 날 의심하다니……. 그 사람 죽은 것하고 나하고는 아무런 관련이 없다니까 그러네. 그 사람하고 결별하고 나서 내가 그동안 얼마나 힘들었는지 알아요? 그 사람이 어딘가에서 정말 혼자서 열심히 소설을 쓰고 있다기에 만나고 싶어도 참았다구요. 그러니까 내가 설명할 때 잘 들으라고 했잖아요. 내 말이 이해가 안 되면 그때그때 질문을 하든지. 당신같이 주의가 산만해서야 어디 좀도둑이라도 한 마리 잡겠소?

나룡 씨는 우리 '드래곤 픽션클럽'의 메인 라이터였고 나는 에디터였어요. 둘이 동업자였다고 그랬잖아요. 응모된 원고를 다채로운 예술적 구조로 엮는 일은 나룡 씨 몫이었고, 그걸 집필기, 일명 '모아레'에다가 넣어서 소설로 뽑아내는 일은 내 몫이었지요.

모, 아, 레. 명칭은 중요한 게 아니라니까 그러네. 모아레라고 하는 건 지난 세기말에 개발된 고속 3차원 사진기인데, 굴곡이 심한 모습을 촬영해서 단시간에 입체영상을 만드는 기술을 의미하는 말이에요. 나 참, 우리 집필기 모아레는 이름만 거기서 따왔을 뿐 사진기가 아니라, 스토리를 넣어서 자동으로 소설을 완성하는 프로그램이라니까.

가령, 머리 좋은 범인이 당신같이 아둔한 탐정을 곯려먹는 내용의 이야기가 있다고 칩시다. 이 이야기를 나룽 씨 같은 사람이 좀 더 치밀한 형태로 다시 설정해서 다양한 작품이 나올 수 있는 열린 이야기 형태로 만드는 일을 하지요. 이걸 모아레에다 입력하면 최대 101가지 소설이 담긴 전자북이 나와요. 동영상이 가미된 사이버픽션부터, 당신 같은 사람이나 노인들이 졸면서 읽는 판소리본 소설까지 그 안에 다 들어 있어요. 이게 어떻게 가능한가, 으힘!

또 문학특강을 해야겠네. 이게 다 나룽 씨한테 주워들은 건데…… 간단하게 설명하죠. 문학의 시대를 크게 네 단계로 볼 수 있어요. 첫 단계는 구비문학(口碑文學) 시대, 두 번째는 필사본(筆寫本) 시대, 세 번째는 책문화 시대, 네 번째는 시청각 시대. 에, 또…… 하나의 스토리가 있으면 그것을 시청각 매체에 적합한 형태로 변형, 확대해서 여러가지 유형의 전자북으로 출시하게 된 이 시대가 바로 시청각 시대. 하지만 아직은 책문화 시대의 책의 위력을 능가하지 못하고 있다는 평을 받고 있는 편인데 우리 모아레만은, 입력된 500만 편에 달하는 동서고금의 명작을 활용해서 최대 1억 편의 작품을 만들어낼 수 있는 기능을 보유하고 있는 프로그램이니까, 각광을 받지 않을 수 없었지요.

처음에는 나룽 씨가 초안을 잡아두고 있던 원고로 '드래곤 픽션 클럽'이란 이름의 소설 전자북 시리즈를 출시하기 시작했지요. 그러고보니 당신하고 똑같은 탐정 얘기가 초창기 시리즈물 안에 있는 것도 같군요. 그때도 한 번 위기가 있었지요. 성공한 건 초기 세 종 뿐이었고, 그 후로 낸 열 종 이상이 모두 제자리걸음이었지요.

모아레의 기능이 크게 확장되면서 우리는 독자들이 직접 쓴 이야기로 소설을 엮기 시작했고, 이게 엄청난 반향을 일으켰지요. 「이천만 년 동안의 사랑」, 「쥐포혁명」, 「금강산의 비밀」, 이런 소설들 알죠? 쓰레기 같은 낙서나 일기가 졸지에 세계적인 베스트셀러 전자북으로 둔갑하니까, 그야말로 신의 손 아니겠어요? 많이 팔린다고 해서 뜨내기 원작자들하고 분쟁이 일어날 게 없어요. 우리는 언제나 푼돈 매절로 원작을 사들이기만 하면 됐으니까. 일 년에 간신히 장편소설 한두 권을 발표하면서 명맥을 유지하던 일명 '원고지 전사'들이 완전 도태되고 대신, 소설 스토리 작가가 양산되기 시작한 게 바로 지난 10년, 우리 '드래곤 픽션클럽'이 가장 활개를 치던 때였지요.

아니, 참. 내가 뭘 어쨌다고 이러시나. 결별을 먼저 선언한 쪽은 나룽 씨였다니까. 이유는 글쎄, 소설을 쓰고 싶다는 거예요. 나룽 씨의 스토리 구성력은 눈에 띄게 타성에 젖어갔고 '드래곤 픽션클럽'

은 당연히 독자들로부터 멀어지게 됐으니까, 결별은 예정된 것이기도 했지요. 게다가 모아레의 집필 기능을 능가하고 거기에 동영상 기능이 한층 가미된 집필기가 미국에서 개발되었고, 그것은 특히나 번역 면에서 우리 것을 당장 압도할 수준이었지요. 나룡 씨 후임으로 온 하은 씨를 활용해 새로운 소설 전자북 시리즈를 출시해 버려 보았지만, 우리는 이제 자서전 따위를 대리집필하는 수준밖에는 되지 못하다는 걸 깨달았지요.

헛, 또 시작이야? 나이, 35세, 직업, 프로그램 판매업. 주소······ 무슨 얘기야, 이거? 나는 소설 쓰겠다는 사람을 도와준 적은 있어도 방해한 적은 없는 사람이야. 하은 씨마저 나를 떠난 뒤 아닌 게 아니라 누군가를 그냥 막 죽이고 싶을 때가 생기더군. 그래도 나는 용케 이겨냈어. 그 뒤로 나는 값싸게, 무수한 집필가 지망생들에게, 자기가 창작한 간단한 스토리만 입력하면 세계 명작 수준의 소설을 최대 101가지까지 생산할 수 있는 프로그램을 제공해왔지.

나룡 씨가 그런 소설 기계를 비난한 글을 써놓고 자살했다고 해서, 그걸 내가 책임져야 한다구?

아, 그렇군. 당신처럼, 틀림없는 자살의 비밀을 공연히 캐고 있는 한심한 탐정 얘기를 나룡 씨가 구성한 적 있지.

아, 아니, 그 엉터리 탐정이 날 어떻게 처형했더라?

어제의 일이
오늘의 나를 바꾼다

習작생들은 소설이 사람들 사이에서 발생함직한 사건을 이야기로 다루고 있으며, 나아가 그 이야기가 일관된 구조물로 제시된다는 사실을 대개 잘 알고 있다. 여기서 그 구조물이 튼튼하고 보기 좋은 것이 되기 위해서는 여러 가지 조건이 구비되어야 함은 말할 것도 없다. 앞에서 '현재적 상황'을 짧은 시간으로 제한해 전경에 내세우라고 주문한 것도 바로 이와 관련돼 있다. 아울러 그 전경의 이면에 과거의 어떤 사건들이 개입되면서 소설 전체가 하나의 구조물이 된다는 사실도 설명했다.

가령, 하근찬의 「수난이대」(1957)를 보자. 이 소설은 **A) 일제강점기에 징용에 끌려가 팔 하나를 잃은 사내가 6·25전쟁에 나가 죽은 줄 알았던 아들이 귀환하는 기차역에 마중 나갔다가 다리 하나를 잃고 온 아들을 보고 충격에 빠졌으나 돌아오는 길에 외**

나무다리에서 아들을 업고 건넌다는 내용을 담고 있다. 이 내용의 서사적 축은 우선 **1) 박만도(외팔 사내)가 진수(아들)를 마중 나가 만나서 함께 귀가하는 현재적 시간상황**으로 세워져 있다. 그런데 이 상황을 가능하게 한 사건은 **2) 진수의 참전에 이은 귀환 소식**이다. 즉 이 소설은 1)의 현재적 시간상황에 2)의 과거 상황이 서로 관련하면서 구조화되어 있다고 할 수 있다. 그런데, 박만도는 진수를 마중 나가면서 자신이 일제강점기 때 징용 가 겪은 일을 회상한다. 이로써 **3) 박만도가 징용에 가서 팔 하나를 잃은 체험**이 진수가 전쟁에서 다리 하나를 잃고 돌아온 것에 연계되게 된다. 즉 이 소설은 **1)**의 상황에서 **2)**를 내재하고, 거기서 다시 **3)**을 내재하면서 보기 좋은 구조물로 자리 잡은 셈이다. 이 소설은 그러니까 **1), 2), 3)**의 관계로써 **A)**와 같이 구조화된 소설이라 할 수 있다.

「메밀꽃 필 무렵」을 통해 다시 이를 생각해보자. 이 소설은 **A) 한 처녀와 하룻밤 인연을 맺은 추억을 못 잊는 늙은 장돌뱅이가 밤새 새 장터로 옮겨가던 중에 동행한 젊은 장돌뱅이의 성장사를 듣게 되면서 그에게 짙은 연대감을 느낀다**는 내용을 담고 있다. 이 구조물의 뼈대 역시 우선 **1) 허생원(늙은 장돌뱅이)이 동이(젊은 장돌뱅이)와 동행하다 연대감을 느끼는 현재적 시간상황**으로 세워져 있다. 그런데 이 상황을 가능하게 하는 것은 일차적으로 **2) 그 둘이 장에서 장으로 이동하는 장돌뱅이로 살아오고 있는 사람이**

라는 사실이다. 여기에 **3) 허생원이 지난날 성서방네 처녀(한 처녀)와 하룻밤 지냈다는 사실**과 (느낌이지만) 동이가 그 아들로 성장한 사실 역시도 밀접하게 **2)**에 개입되어 있다. 즉, **3)**이 **2)**를 구조화하고 그것이 다시 **1)**을 구조화하면서 **A)**의 구조물이 형성된 것이다.

「픽션 게임」은 **A) 동업자 나룽 씨를 죽였다는 혐의를 받고 이를 벗기 위해 애쓰는 '나'가 취조하는 탐정의 의외의 태도에 위기에 처하게 되는 취조 현장을 '나'의 진술 형식으로 드러낸 소설**이다. 이 구조물의 뼈대는 **1) 나룽 씨 살해 혐의로 '나'가 탐정에게 취조를 당하다가 탐정으로부터 위험에 빠지게 되는 과정에 대한 '나'의 진술**로 채워진다. 이 상황을 가능하게 하는 것은 물론 **2) 나룽 씨의 죽음에 대해 '나'가 살해 혐의를 받고 있다는 사실**이다. 여기에 **3) 과거 나룽 씨와 '나'가 모아레라는 편집 프로그램으로 소설 전자북 시리즈를 출시해 막대한 수익을 올린 일이며 그 이후 침체기를 겪으면서 나룽 씨의 결별 선언으로 동업이 와해된 일** 등이 밀접하게 **2)**에 개입되어 있다. 즉, **3)**의 상황이 **2)**의 원인이 되고 **2)**의 상황이 다시 **1)**의 원인 되는 관계로써 **A)**의 구조물이 갖추어진 것이다.

위 세 편 소설은 각각 **1), 2), 3)**을 활용해 **A)**로 집약한 것임을 알 수 있다. 즉 작가는 **1), 2), 3)**으로 각각의 시간대에 따로 벌어진 사건을 **A)** 상황으로 재구성함으로써 창작을 완료한 것이다.

마찬가지로 독자는 1), 2), 3)을 따로따로 또는 벌어진 시간 순서대로 읽지 않고 A)의 상황을 읽음으로써 독서를 완료한다. 여기서 A) 상황으로 재구성된 1), 2), 3)의 상황은 원래 사건이 일어난 순서로 봐서는 3)이 가장 먼저 일어난 일이고 그 다음이 2), 그 다음이 1)이다. 이 소설들의 내용은 자연적인 시간의 흐름으로 보면 각각 3) - 2) - 1)의 순서가 된다. 작가는 사건을 시간대별로 나열하지 않고 인위적으로 시간을 재배치해서 새롭게 A)라는 상황으로 구조화했다. 이때 구조화된 A)의 시간을 작가가 인위적으로 서술한 시간이라 해서 '서술시간', 작가가 사건의 효과를 위해 극적으로 꾸민 시간이라 해서 '극적 시간', 독자가 독서하는 시간이라 해서 '독서시간' 등으로 부른다. 반면에 작가가 인위적 시간으로 재구성하기 전에 발생된 사건의 자연적 흐름의 시간을 '이야기시간' 또는 '스토리 전개 시간', '시계시간' 등으로 표현하고 있다.[*]

이청준의 「눈길」(1977)을 통해서도 이런 시간의 관계를 확인해 보자. 「눈길」에서 서술의 전경(前景)은 **A) 고향 어머니에게 내려온 나와 아내가 함께 어머니로부터 그 옛날 집도 없이 나를 맞아 하**

---

[*] '서술시간'과 '이야기시간'에 대한 구분은 주로 러시아 형식주의 이론에 근거한다. 이 책의 설명은 특별히 김용성의 『현대소설작법』(문학과지성사, 2006), 나병철의 『소설의 이해』(문예출판사, 1998)를 참조했다.

루를 재워서 떠나보낸 어머니의 회상을 듣는 사건(현재 체험)으로 채워진다. 이 전경이 된 사건의 이면에, 오래전 '나'가 고교 1학년 겨울방학을 이용해 잠시 귀향했을 때 겪었던 다음과 같은 과거 체험이 내재되어 있다.

> 1) 어머니가 남의 집이 된 집을 빌려 '나'를 재우고 밥을 해먹임.
>
> 2) 어머니가 새벽에 차부까지 따라와 '나'를 태워 보냄.
>
> 3) 어머니 혼자 눈길을 걸어 집으로 돌아감.

요컨대 「눈길」은 1), 2), 3)의 과거 체험이 현재 체험 A)에 내재되어 있는 구조물이다. 사건이 일어난 시간 순서로 보면 '1) → 2) → 3) → A)'의 순서가 되지만(이를 '이야기시간'이라 한다), 실제 소설에서는 A)의 내용이 소설 전체의 뼈대를 이루며 전개되는 사이에 1), 2), 3)의 과거 체험이 띄엄띄엄 개입되는 형태(이를 '서술시간'이라 한다)가 되고 있다.

김승옥의 「무진기행」의 시간 구조도 이와 다르지 않다. 이 소설 또한 **A) 회사 문제로 일시적으로 무진을 찾아온 주인공이 며칠 머무는 사이에 벌어진 일**(현재 체험)이 전경화되어 있고, 여기에 과거 체험, 즉 1) 폐결핵을 앓았을 때, 2) 6·25전쟁을 피해 무진에 왔을 때, 3) 첫사랑에 실패하고 무진에 왔을 때 등으로 무진에 온 사건이 내재되어 있다. 시간 순서로 보면 '1) → 2) → 3) → A)'

의 순서가 되지만(이야기시간), 실제 소설에서는 현재 체험의 시간 내용이 소설 전체의 축을 이루는 가운데 1), 2), 3)의 경험 내용이 그 시간축 안에 내재되는 형태('서술시간')가 되고 있다.

　모든 소설은 여러 가지 재료로 만든 하나의 구조물이다. 어떻게 하면 튼튼하고 개성적인 구조물일 수 있을까. 창작자로서는 이 문제를 해결하지 않을 수 없는데, 소설을 시간의 구조물로 이해하는 것이 그 적극적인 해결책이 될 수 있다. 즉, '이야기시간'에 해당하는 내용을 '서술시간'으로 옮기는 시간의 재배열과정을 통해 보다 확실한 소설 형태를 구축할 수 있다는 것이다.

동심원(同心園) 놀이가
즐겁다

김유정의 단편소설 「동백꽃」의 스토리축은 마름집 딸 점순이와 그 집 신세를 지고 있는 소작인 집 아들 '나'의 관계에서 구축되고 있다. 소설은 내가 나무하러 가다 점순이네 닭이 우리 집 닭을 괴롭히는 것을 목격한 데서 시작된다. 최근 점순이가 나를 괴롭히는 일이 잦았다. 나흘 전에 점순이가 나한테 몰래 군 감자를 주는 걸 내가 뿌리쳤다. 그때 눈물까지 흘리며 상심한 점순이는 이후 사흘 전에는 우리 집 씨암탉에게 보란 듯이 주먹질을 하며 괴롭혔다. 또 자기 수탉으로 우리 수탉을 공격하게 해서 나는 수탉에게 고추장을 먹여 싸우게 했지만 효과는 크지 않았고 수탉만 상하게 됐다. 나무하러 갔다가 점순이의 이런 지속된 괴롭힘을 생각하면서 돌아온 나는 우리 닭이 또 점순이 닭한테 당하는 모습을 본다. 화가 치밀어 오른 나는 대뜸 점순이네 닭에게 매질을 했고, 점순이네 닭은 그만 죽고 말았다. 그 일로 점순이에게 몰린 내가 울음을 터뜨리자 점순이는 추궁을 멈추고 내 어깨를 짚고 쓰러지는 바람에 둘이 동백꽃 속에 파묻힌다.

위는 「동백꽃」을 독자가 보는 그대로의 상황으로 서술한 '서술시간'의 상황이다. 이 상황에 바쳐진 이야기들을 시간 순서대로 나열하면

1) 나흘 전 점순이 내게 몰래 감자를 주었으나 내가 거절해서 점순이의 마음을 상하게 한 사건
2) 사흘 전 점순이가 내 집 씨암탉을 심하게 주먹질을 하며 괴롭힌 사건
3) 이틀 전 점순이가 시비를 걸어 무리하게 닭 싸움을 시키다 우리 집 닭이 위험에 빠진 사건
4) 점순이에게 당하고 있는 우리 닭에게 고추장을 먹여 맞싸우게 한 사건
5) 오늘 점순이 닭한테 우리 닭이 당하는 걸 본 내가 나무하고 내려와 점순이 닭을 죽이고 그 일로 점순이의 추궁을 받은 사건

과 같은 순이 된다. 즉 작가는 위와 같은 '이야기시간'으로 이어진 사건의 발생 순서를 인위적으로 바꾸어

5-1) 오늘 내가 나무하러 가다 점순이 꾀로 우리 닭이 점순이 닭한테
　　당하는 장면을 목격한 사건

　　1) 나흘 전 점순이가 내게 몰래 감자를 주었으나 내가 거절해서 점
　　　순이의 마음을 상하게 한 사건

　　2) 사흘 전 점순이가 내 집 씨암탉을 심하게 주먹질을 하며 괴롭
　　　힌 사건

　　3) 이틀 전 점순이 시비를 걸어 무리하게 닭 싸움을 시키다 우리
　　　집 닭이 위험에 빠진 사건

　　4) 점순이에게 당하고 있는 우리 닭에게 고추장을 먹여 맞싸우게
　　　한 사건

5-2) 나무하러 갔다 와서 점순이 닭을 죽이고 그 일로 점순이의 추궁
　　을 받다가 점순이와 함께 동백꽃 더미에 쓰러진 사건

과 같은 순으로 구성했다. 이렇게 재구성된 시간을 '서술시간'이
라 한다고 앞에서 거듭 설명했다. 「동백꽃」의 이야기시간과 서술
시간의 관계는 특별히 다음과 같은 이 소설에 구축된 시간을 다
음과 같은 동심원적 구조(concentrical circle)로 제시할 수 있겠다.*

＊ 이 설명은 소설가 박정규의 「김유정 소설의 시간 구조 연구」(한양대 박사학위논
　문, 1991)를 기준으로 새로 정리했다.

위의 그림을 보면 「동백꽃」의 '서술시간'은 오늘 사건 안에 과거 사건이 순차적으로 전개된 구조라는 것을 알 수 있다. 이러한 동심원적 구조를 통해서도 알 수 있듯이, 소설적 시간구성에서는 '이야기시간'을 새롭게 재구성한 '서술시간'의 상황이 무엇보다 중요한 문제가 된다. 더 구체적으로 말하면, 현재적 시간을 축으로 해서 어떻게 과거 시간을 효과적으로 혼재시켜 '서술시간'을 구축하느냐가 소설에서 시간구성의 성패를 가름한다고 볼 수 있다. 이 경우 실제 소설창작 과정에서 가장 먼저 문제되는 것이 어떤 현재적 상황을 설정해야 하는가 하는 점이다.

따지고 보면 앞에서 예를 든 하근찬의 「수난이대」도 이런 동심원적 시간 구조와 유사한 시간 구조를 가지고 있다. 즉, 아들의 생환 소식에 기차역으로 마중 나가는 현재의 시간이 소설 후반부의 부자 상봉 장면으로 이어지는 동안 박만도의 징용 체험과 아들 진수의 6·25 참전 내용이 내포되는 형태인 것이다. 이청준의 「눈길」도 '나'와 아내가 어머니의 과거 얘기를 듣는 현재 시간이 소설을 관통하는 동안, 눈 오는 날 어머니의 귀가라는 특정한 과거 체험이 내포되는 형식이다. 소설을 창작할 때 바로 이런 동심원적 시간 구조 또는 그에 준하는 시간 구조를 갖춘다는 것이 얼마나 중요한 것인가를 다시금 명심할 필요가 있다.

이십 년
뒤

오 헨리

한 경찰관이 특이한 걸음걸이로 담당 구역을 순찰하고 있다. 주위에서 보는 사람이 거의 없는 것으로 봐서, 그 걸음걸이는 습관적인 것이지, 남에게 보이기 위한 것은 아닌 것 같다. 밤 10시가 채 못 되었지만, 비를 품은 찬바람이 부는 거리에는 사람의 발길이 드물다.

경찰관은 건장한 체구를 뽐내듯 걸어가면서 가게의 문단속을 살피기도 하고, 기묘하고 재치 있는 몸짓으로 곤봉을 휘두르기도 했다. 가끔은 몸을 돌려 조용한 거리를 주의 깊게 둘러보면서 평화의 수호자 같은 근엄한 표정을 짓기도 한다. 이 지역은 일찍 문을 닫는 곳이다. 이따금 담배 가게나 밤새워 영업을 하는 간이식당의 불빛이 보이기는 하지만, 번화가의 문은 침묵에 싸인 지 오래다.

경찰관은 어느 길목의 중간쯤에 와서 갑자기 발걸음을 늦춘다.

컴컴한 철물점 입구에, 어떤 사내가 불을 붙이지 않은 시가를 입에 물고 기대 서 있다가 황급히 말했다.

"여긴 별일 없네요, 경찰관 아저씨. 전 친구를 기다리고 있어요. 20년 전에 한 약속이죠. 조금 이상하게 들리시죠? 사실대로 모두 알고 싶으시다면 자세히 설명해 드리지요. 20년 전, 여기 이 철물점이 있는 곳에 '빅 조 브래디'라는 식당이 있었습니다."

"6년 전까지도 있었죠. 헐린 건 그 뒤죠."

경찰관이 말을 받았다.

철물점 입구에 서 있던 사내는 성냥을 그어 시가에 불을 붙인다. 날카로운 눈초리가 느껴졌다. 창백하고 턱이 모난 얼굴의 오른쪽 눈썹 가에 작고 하얀 흉터가 성냥불에 비쳤다. 큰 다이아몬드가 박힌 넥타이핀을 낀 것도 보였다.

"20년 전 바로 오늘 밤, 나와 가장 친하고, 이 세상에 둘도 없이 착한 지미 웰스라는 친구와 여기 '빅 조 브래디' 식당에서 저녁 식사를 했습니다. 지미와 나는 이곳 뉴욕에서 마치 한 형제처럼 자랐어요. 그때 내 나이는 열여덟 살이었고, 지미는 스무 살이었습니다. 그 다음날, 나는 돈을 벌기 위해 서부로 떠나야 했습니다. 지미는 절대로 뉴욕을 떠나려는 생각을 하지 않았지요. 이 세상에서 살 곳이라고는 이곳밖에 없는 줄로 알고 있었으니까요. 그래서 우리는 그날 밤, 앞으로 우리의 처지가 어떻게 되든, 어떤 먼 곳에 살게 되든, 지금 이 시각부터 꼭 20년이 되는 때에 여기서 다시 만나자는 약속을 한 것이죠. 20년이 되면, 어떻게든 운명도 개척하게 되고 돈도 벌게 되리라고 우리는 생각했습니다."

경찰관이 고개를 끄덕인다.

"그것 참 재미있군요. 하지만 약속 기간이 너무 긴 것 같은데요. 여기를 떠나고 그 친구 소식은 들었습니까?"

"네, 서신 왕래가 있었지요. 그런데 1, 2년 후에 소식이 끊어졌어요. 아시다시피 서부란 꽤 큰 지역이죠. 게다가 나는 참으로 바쁘게 돌아다녔어요. 그러나 지미는 이 세상에서 가장 진실되고 미더운 친구이니, 살아 있다면 나를 만나러 여기에 올 것입니다. 약속을 잊어버릴 리가 없어요. 나는 약속을 지키려고 1,000마일이나 달려왔어요. 옛 친구가 나타나면 온 보람이 있겠죠."

친구를 기다리던 사내는 뚜껑에 작은 다이아몬드가 여러 개 박힌 회중시계를 꺼냈다.

"10시 3분 전이군요. 우리가 식당 앞에서 헤어진 게 꼭 10시였죠."

"당신은 서부에서 재미를 많이 본 모양이군요?"

경찰관이 물었다.

"그럼요! 지미가 내가 번 것의 절반이라도 벌었으면 좋겠습니다. 그 친구는 사람은 좋지만 꾸준하기만 한 사람이죠. 나는 큰돈을 벌기 위해 날고 뛰는 친구들과 경쟁을 해야만 했죠. 뉴욕에서 사는 사람은 판에 박힌 생활을 하게 되죠. 하지만 서부에서 지내다 보면 가끔 모험도 따르게 됩니다."

경찰관은 곤봉을 휘두르며 한두 걸음 옮겼다.

"나는 가봐야겠습니다. 친구분이 꼭 왔으면 좋겠네요. 정각까지만 기다리시렵니까?"

"그렇지 않습니다. 적어도 30분은 더 기다려야지요. 지미가 이 세상에 살아만 있다면 그때까지는 반드시 올 테지요. 안녕히 가십시오."

"잘 되길 빌어요."

경찰관은 인사를 하고, 문단속을 확인한 뒤 순찰을 계속했다.

찬 가랑비가 내리기 시작한다. 불규칙하게 불던 바람은 일정한 흐름으로 밀려온다. 가끔 지나는 행인들이 코트 깃을 세우고 손을 주머니에 넣은 채 침울한 표정으로 묵묵히 발걸음을 재촉했다. 젊은 시절 친구와 한 약속을 지키기 위해 1,000마일이나 달려온 사람은 여전히 철물점 문턱에서 시가를 피우며 서 있다.

시간이 거의 30분에 이르자, 긴 외투를 입고 코트 깃을 귀까지 세운 키 큰 사람이 건너편에서 서둘러 길을 건너왔다. 그는 곧바로 기다리고 있는 사람에게로 다가선다.

"자네 밥이지?"

그는 미심쩍은 듯이 물었다.

"자네가 지미 웰스인가?"

문에 서 있던 사람이 크게 외쳤다.

"감개무량하네!"

나중에 온 사람이 상대방의 두 손을 잡으며 소리쳤다.

"틀림없이 밥이구먼! 자네가 살아만 있다면 여기서 만난 줄 알았네. 정말이지 20년이란 긴 세월일세. 여기 있던 음식점도 없어졌지. 그대로 남아 있었더라면 거기서 다시 저녁 식사도 할 수 있을 텐데. 그건 그렇고, 이 친구야, 그동안 서부에서 어떻게 지냈나?"

"말도 말게, 내가 바라는 것은 무엇이든 다 이루어졌네. 지미, 자네 참 많이 변했네. 자네, 내가 생각했던 것보다 2, 3인치는 더 큰 것 같은데."

"스무 살이 지나서 좀 컸지."

"지미, 자네는 뉴욕에서 잘 지내는 거지?"

"그저 그렇지. 나는 시청에 근무하고 있어. 자, 내가 잘 아는 곳으로 가서 옛이야기나 오랫동안 나누세."

두 사람은 팔짱을 끼고 나란히 거리를 걷기 시작했다. 서부에서 온 사나이는 성공했다는 자부심에 부풀어 자기가 지내온 내력을 늘어놓기 시작했다. 외투에 푹 파묻힌 상대편 사람은 그 이야기를 흥미롭게 듣는다.

길모퉁이에 전등이 밝게 비치는 약국이 있다. 두 사람은 밝은 불빛 아래 서자 서로 얼굴을 보려고 동시에 몸을 돌렸다. 서부에서 온 사내는 갑자기 발걸음을 멈추고 팔짱을 풀었다.

"당신은 지미 웰스가 아니야."

그는 갑자기 소리를 질렀다.

"20년이 아무리 길다고 하더라도 매부리코를 납작코로 만들 수는 없지."

"그러나 20년은 착한 사람을 악인으로 만들기도 하지요."

키가 큰 사람이 말을 잇는다.

"멋쟁이 밥, 당신은 10분 전에 체포되었소. 시카고 서에서 당신이 우리 구역으로 들어왔을지도 모르니, 당신을 신문해보라는 전문을 보내왔소. 조용히 가실까요? 그렇게 하는 것이 좋을 거요. 우선, 경찰서로 가기 전에 보여드릴 게 있어요. 당신에게 전해 달라고 한 쪽지가 여기 있소. 창가에서 읽어보도록 하시오. 웰스 경찰관이 전하는 것이오."

서부에서 온 사내는 작은 쪽지를 받아 펼쳐 들었다. 읽기 시작할 때 떨리지 않던 손이 다 읽을 때쯤 조금씩 떨리고 있다. 편지 내용은 간단했다.

밥,

나는 정시에 약속한 장소에 갔네. 그러나 자네가 시가에 불을 붙이려고 성냥을 켰을 때, 시카고 서에서 수배한 사람이 자네라는 것을 알았네. 하지만 차마 내 손으로 자네를 체포할 수가 없어서 다른 형사에게 부탁했네.

20년 뒤
서로 만나자

「메밀꽃 필 무렵」에서 허생원이 옛날 성서방네 처녀와 하룻밤 동침한 사실을 상기할 수 있었던 것은 장터를 순례해야 하는 장사꾼으로서 봉평에서 대화까지 장을 이동하는 여로 덕분이었다. 「동백꽃」에서 나무하러 가는 현재적 시간상황에서 나흘 전부터 점순이가 '나'에게 보여준 이해할 수 없는 행동을 회상하게 된 것은 오늘 아침까지도 닭을 해코지하는 점순이의 일관된 행동 때문이었다. 박완서의 「지렁이 울음소리」(1973)에서 주인공이 남편의 속물근성에 길들여져 살고 있는 자신을 자각하게 된 것은 외출해서 만난 여고 때 선생님의 변모한 모습 때문이었다. 이처럼 소설의 주요 골격을 이루는 사건들은 서로 필연적인 관계로 엮여 있음을 알 수 있다. 소설 속 그때 그 자리에서 인물이 말하고 움직이게 되는 분명한 이유가 내재되어 있었던 것이다.

국내에 나와 있는 많은 소설이론서에서는 소설의 사건이 필연적인 관계로 엮인다는 사실에 대한 설명으로 포스터(E. M. Forster)의 '플롯론'을 예로 들곤 한다.* 포스터는 '서술시간'에 해당하는 '플롯'을 사건의 연대기적 시간에 의지한 '스토리'와 비교 설명하기 위해 '왕과 왕비의 죽음'이라는 사건을 예로 든다.

포스터는 어느 나라에서 왕이 죽고, 얼마 뒤에 왕비가 죽은 일을 두고 그것을 어떤 식으로 구성해야 소설이 원하는 플롯이 되는지 설명한다. 즉, 그 사실을

1) 왕이 죽었다. 그리고 2년 뒤 왕비가 죽었다.

라는 식으로 구성하면 그건 자연적 시간의 나열에 그친다. 포스터는 이렇듯 발생한 사건을 자연적 시간의 순서대로 나열한 것을 소설화되기 전의 '스토리'에 불과하다고 설명한다. 소설이 원하는 구성은 이 스토리의 단계에서 다음과 같은 식의 변형된 상황으로써 새로운 국면을 설명하고 있다.

* E. M. 포스터, 『소설의 양상』, 문예출판사, 1990 참조.

2) 왕이 죽었다. 그 슬픔 때문에 2년 뒤 왕비가 죽었다.

　1)은 왕이 죽고 왕비가 죽은 일을 사건이 발생한 순서대로 나열했다. 2)에서도 왕이 죽은 일과 왕비가 죽은 사건도 1)에서처럼 발생한 순서대로 나열되어 있지만 그 두 사건은 서로 특별한 관계로 이어져 있다고 할 수 있다. 그것은 왕비가 죽은 일이 왕이 죽은 슬픔 **때문**이라는 사실이다. 즉, 왕이 죽은 일이 왕비가 죽은 일의 **원인**이 되고, 반대로 왕비가 죽은 일은 왕이 죽은 일의 **결과**가 된다고 할 수 있다. 포스터는 1)과 같은 상태를 **스토리**의 단계, 2)의 상태를 **플롯**의 단계라 하고, 스토리의 단계에서 플롯의 단계로 나아갈 때 소설의 구조가 성립된다고 설명한다.
　「동백꽃」에서 내가 나무하러 갔다 오면서 점순이의 닭을 죽게 만든 것은 점순이가 우리 닭을 괴롭혔기 때문이다. 「운수 좋은 날」에서 김첨지가 기분 좋게 술을 마시고 병든 아내를 위해 설렁탕을 가져가게 된 것은 손님이 많은 운수 좋은 날 돈을 많이 벌었기 때문이다. 간단한 듯하지만, 소설은 이러한 인과관계로 스토리상황을 엮어가는데 포스터는 이 인과관계에 따라 서사적 상황을 구축하는 것을 플롯이라 명명했다.
　1)의 단계에서 2)의 단계로 나아가 플롯화되면서 소설의 구조가 성립될 수 있다는 포스터의 설명은 다음 3)의 단계에서 새로운 국면으로 나아간다.

3) 왕비가 죽었다. 아무도 그 까닭을 몰랐는데, 속사정을 알고 보니 2년 전 왕이 죽은 데 대한 슬픔 때문이었다.

1)에서 2)로의 변화는 인과관계에 따른 플롯의 성립이라는 사실로 설명되었다. 2)에 비해 3)은 왕이 죽고 왕비가 죽은 일의 관계로 보면 인과관계가 개입되어 있다는 점에서 같은 형식이지만, 2)가 사건이 일어난 순서대로 플롯화한 것이라면 3)은 왕비가 죽었다는 결과를 먼저 앞에 드러내고 왕이 죽은 슬픔이 원인이 되었다는 사실을 나중에 드러낸 플롯이라는 점에서 차이가 있다. 3)과 같이, 서사의 플롯에서 먼저 일어난 사건을 나중에 밝히고 나중에 일어난 사건을 먼저 드러내는 이러한 방법을 소설 구성 이론에서는 '시간역전 기법'이라고 한다.

포스터는 시간역전 기법, 즉 결과를 먼저 보이고 나중에 원인을 밝히게 되는 구조에 대해 특별한 설명을 보태고 있다. 즉, **결과에 대한 원인을 밝히는 과정**(이를 '추리'라고 할 수 있다)**을 통해 고도의 신비감을 내재하는 플롯이 구축된다**는 것이다. 「동백꽃」에서 **점순이가 내 닭을 괴롭히면서 나를 해코지하는 것**(결과)**은 나흘 전에 내가 점순이가 구운 감자를 몰래 주며 호의를 베푼 것을 뿌리친 일**(원인)**에 대한 보복이다.** 「운수 좋은 날」에서 **김첨지가 운수 좋은 날을 맞았으면서도 하루종일 불편함을 떨치지 못하고 있었던 것이며, 그러면서도 어줍잖은 호기로 음주까지 하고 또**

설렁탕을 사 들고 귀가한 것(결과)은 집에서 심각한 병을 앓고 있는 아내에 대한 불안함과 초조감 때문(원인)이다. 「픽션 게임」에서 내가 탐정에게 취조를 받으며 나룡 씨와의 과거 관계를 시시콜콜 늘어놓고 있는 현재 상황(결과)은 나룡 씨의 죽음이 나 때문이라고 보고 나를 희생시킬 수도 있는 탐정 때문(원인)이다. 신경숙의 「풍금이 있던 자리」에서 내가 고향에 내려와서 당신에게 쓰다 말다 하면서 완성한 편지를 결국은 부치지 않게 되는 과정(결과)은 당신이 내게 미국으로 가자고 한 데 대해 진정한 답을 얻을 시간이 필요해서(원인)였다. 우리가 아는 무수한 서사는 이렇듯 인과의 관계에서 결과를 앞세우고 원인을 뒤에 드러내는 플롯을 하고 있다. 그리고 그 결과로부터 원인을 밝히는 과정에서 '고도의 신비감'이 생겨난다.

포스터가 예로 든 '왕과 왕비의 죽음'이라는 예화는 오늘날 페미니즘의 관점에서 볼 때 '성차별'로 읽힐 소지가 있으니 이제 좀 다른 예를 만들어 설명해보자.

어느 마을의 두 친구가 헤어진 지 20년 만에 상봉했다.

이런 스토리는 어떤 서술시간으로 재구성될 때 효과적일 수 있는가. 앞에서 예로 든 '왕과 왕비의 죽음' 얘기에 비하면 이 소재는 20년이라는 만만찮은 '이야기시간'을 '서술시간'으로 재배치해야 한다는 과제를 부여받고 있다. 따라서 이 사연은 단순히 '서로 친한 두 친구는 20년 뒤에 만나자고 약속했다. 그래서 20년 뒤에 만났다'라는 식으로 구성해서는 '약속'을 매개로 해 인과의 형식을 만들었다고는 해도 밀도 있는 플롯이 되기 어렵다. 이 경우에는 다음과 같은 서술시간으로 재구성되어야 효과적이다.

> 중년의 두 사람이 서로 맞부딪쳤다. 서로 얼굴을 알아볼 수 없었지만, 이내 두 사람이 친구인 걸 알고 부둥켜안았다. 20년 뒤에 거기서 만나자고 한 어릴 적 약속이 있었기 때문이다.

앞서 포스터가 '고도의 신비감을 내재한 플롯'이라는 이 시간역전의 구성은 사실 현대 단편소설 구조에서는 이미 신격화된 방법론에 해당한다. 이는 두 친구의 20년 만의 상봉이라는 소재가 미국 단편소설의 아버지 격이라 불리는 오 헨리의 「이십 년 뒤」라는 단편소설에서 얼마나 절묘한 플롯으로 발휘되었나를 생각해보면 쉽게 알 수 있다. 「이십 년 뒤」의 줄거리를 간단히 요약하면 이렇다.

> 경찰관이 순찰을 돌면서 20년 전 친구와 만나기로 한 약속 장소로 가니까 범죄자가 된 친구가 그 약속을 지키러 와 있었다. 경찰관은 그걸 알고도 모른 척하고 물러나서 동료 경찰관을 대신 내보내 20년

전 약속을 지켰음을 알리고 그 친구를 체포한다.

이 내용의 현재적 시공간은 친구와 약속한 20년 뒤의 약속 장소다. 20년 전 두 친구가 약속한 일은 등장인물의 대화와 편지에 간략하게 드러나고 있다. 이로써 나중의 상황을 먼저 전개하고 과거의 일은 필요한 만큼만 불러내면서 구조화한 '서술시간'을 이해할 수 있다. 이렇듯 스토리를 플롯화하는 일은, 또는 '이야기시간'을 '서술시간'으로 재배치하는 일은, '과거 시간의 사건을 불러올 수 있는 현재적 시공간'에서 '현재적 시공간을 제한할 수 있는 과거 시간 사건'의 적절한 관여로 완성된다.

고향에도 가고,
여행도 떠나고

앞에서 현재적 시간상황 안에 과거의 시간을 품는 시간 구조를 형성하는 '서술시간'에 대해 설명했다. 또한 그 중에서 가장 손쉽게 김유정의 「동백꽃」을 예로 들어 동심원적 구조를 제시했다. 이번에는 이러한 구조를 가장 쉽게 가져올 수 있는 몇 가지 모티브를 제시해보고자 한다.

한 인물의 현재적 시간상황에서 과거 시간으로 회귀해, 그 과거 시간의 사건이 현재적 시간상황과 어떤 연계관계에 놓이는지를 보여주는 좋은 예는 흔히 '귀향형(歸鄕型)'이라 명명되는 소설 형식에서 찾을 수 있다. 이런 형식은 주로, 고향을 떠나 살던 인물이 어떤 일을 계기로 다시 고향으로 돌아오면서 옛일을 떠올리며 그로부터 현실의 삶에 영향을 받게 되는 스토리가 된다.

마침내 나는 고향 마을 동구에 서 있는 홰나무 앞에 온 것이다. 우람한 가지들은 하늘에 뻗친 채 꿋꿋이 버티고 선 거대한 홰나무 앞에 다다른 것이다. 앞 냇물은 조용히 흘러와서 조용히 가는가 하면 때로는 거세게 소용돌이치며 와서는 소용돌이치며 갔다. 그래서 물은 항상 새로워지고 있었다. 그러나 홰나무는 수백 년 쓰디쓴 추억을 간직한 채 그 자리에 변함없이 서 있었다. 마치 그것은 죽지 않는 옛 늙은 장수처럼 외로움의 표상처럼 느껴졌다.

김용성, 「홰나무 소리」, 1976

위 소설에서 '나'는 일제강점기 할아버지의 의병 활동과 광복 후 학교 건립의 정신을 상징하는 홰나무가 '단지 조성을 위한 수로 변경 공사'로 뽑혀나가게 되었다는 '덕보'의 편지를 받고 고향으로 내려갔다. 이로부터 한국 현대사의 굴절과 맞물리는 '나'와 덕보의 3대에 얽힌 가족사가 상기되고 결국 덕보가 홰나무 앞에서 자살함으로써 묵은 선대의 죄업을 참회하는 서사가 구축돼 있다. 이처럼 고향을 떠나 살게 된 출향인이 어떤 계기로 귀향하면서 삶의 새로운 국면에 접하게 되는 서사를 통상 '귀향형 소설'이라 명명한다.

귀향형 소설이 소설작법에서 매우 유리한 조건이 되는 것은 무엇보다 과거의 사연을 오늘의 문제로 손쉽게 집약시킬 수 있다는 데 있다. 가령 하근찬의 「수난이대」에서 아들 진수가 전쟁

참전으로 출향해 휴전과 더불어 귀향하는 상황이 되어 있다. 진수가 귀향하는 기차역은 그가 참전한 3년이라는 시간을 하나의 극적 상황으로 집약하는 공간이 된다. 「홰나무 소리」에서 홰나무 앞은 출세를 위해 도시로 나간 주인공이 잊고 지내던 3대 가족사의 아픈 상처가 귀향하는 오늘의 시간에 집약되는 공간으로 제시돼 있다. 이들 소설은 귀향하는 인물의 출향의 이유나 귀향의 계기를 비롯해 고향에서 살다가 고향을 떠났다 돌아오는 사람으로서의 시공간적 체험을 귀향이라는 상황에 집약함으로써 다양한 효과를 얻은 예가 된다.

이동하의 『우울한 귀향』(1967)에서 소설가 '나'는 10년 만에 귀향해 자신의 피곤과 우울의 근원이 어린 날 고향에서의 아픔과 관련돼 있음을 알게 된다. 김원일의 장편소설 『노을』(1978)의 나는 6·25전쟁 때 빨치산에 연루되었던 삼촌의 묘 이장 문제로 고향에 가게 되면서 20여 년 전 '빨갱이 아버지' 때문에 겪은 참혹한 시간을 떠올리며 그 치유의 가능성을 찾게 된다. 6·25의 혼란 중에 어머니가 흑인에게 추행당해 낳은 정신박약아 형 아베를, 어머니의 죽음을 계기로 '나'가 뒤늦게 찾아가는 과정을 그리고 있는 전상국의 「아베의 가족」(1979) 또한 귀향이 중요한 모티브가 된 소설이다. 이렇게 본다면 귀향형 소설에서 말하는 귀향이란 단순한 소설적 모티브에 그치지 않음을 알 수 있다. 그것은 자주 주인공의 기억 저편에 도사린 가족사적 경험을 넘어 나아가 민족사적 체험을 건져 올리는 구조물을 구축하게 해준다. 우리 문학사는 이미 귀향을 매개로 해서 6·25 전후의 이념 대립과 갈등이 낳은 비극을 분단 고착화 이후 세대의 삶 속에서 다시 제기하고 치유하는 과정을 그리는 귀향형 소설을 아주 중요하게 취급하고 있다.

한편 이와는 달리 근대화 과정에서 형성된 도시에 와서 살게 된 사람들이 어떤 계기로 고향을 찾으면서 이향 전후의 삶의 양상을 대조적으로 드러내는 소설을 떠올릴 수 있다. 가령 이청준의 「눈길」은 고향을 찾아 어머니를 만난 주인공이 가족의 불행을 자신의 잘못으로 여기며 부끄러움 속에서 살아온 어머니의 심정을 이해하게 되면서, 고향에 대해 오래 숨겨온 마음의 빚을 비로소 스스로 확인하고 있다. 이럴 때의 귀향은 가난과 무지로 대표되는 고향에서의 체험을 애써 잊고 살아온 도시인의 고향에 대한 자기기만과 죄의식을 깨우치는 계기로 작용된 예가 된다.

한승원의 「낙지 같은 여자」(1977)는 십수 년 만에 고향에 가서 아득한 기억 속 '낙지 같은 여자'와 조우하는 과정을 통해 이데올로기의 폭력과 이기주의적 세태의 횡포도 어쩌지 못하는 토속 고향의 원초적 생명력을 신비스럽게 형상화하고 있다. 김문수의 「만취당기(晩翠堂記)」(1989) 역시 주인공의 귀향을 계기로 조상의 정신이 서린 만취당이 공장 부지가 되는 고향의 현실 앞에서 자본의 욕망과 지켜야 할 진정한 가치가 대립되는 서사의 현장을 구축한다. 서울에 있는 아내가 위독하다는 전갈을 받고 귀국한 일본 유학생 나(이인화)가 경험하는 일제강점기 조선의 처지를 사실적으로 그려내고 있는 염상섭의 「만세전」(1922)도 넓은 의미에서 이와 관련된 귀향형 소설이라 할 수 있다.

이렇듯 '귀향'이라는 모티브는 '고향에 돌아간다'는 현재적 행위 안에 과거의 경험을 되살려놓을 수 있는, 즉 현재적 시간상황 안에 과거의 시간을 품는 서술시간을 손쉽게 마련해준다. 급격한 사회 변동 아래 나타난 이향과 귀향의 체험이 소설과 만나면서 귀향형 소설이라는 인상 깊은 문학적 형태를 낳았다고 할 수 있다.

20세기 후반기를 기준으로 하면 이들 귀향형 소설은 대개 다음과 같은 패턴을 보이고 있다.

1. 6·25로 대표되는 전쟁에서의 직접적인 귀향

2. 분단 현실의 삶에서 6·25로의 시공간적 귀향

3. 산업화 이후의 도시적 삶에서의 귀향

이 귀향형 소설은 농촌 해체 이후 달라진 이농과 귀향의 경험을 포함해 나아가 이민·유학·입양·국제결혼·망명·탈주 등으로 외국에서 살게 된 사람들의 귀국 체험까지도 담을 수 있는 소설적 플롯으로 확장되고 있다.

귀향형 소설 구조에 비견되는 형태로는 이효석의 「메밀꽃 필 무렵」이나 전상국의 「동행」(1963), 황석영의 「삼포 가는 길」처럼 주인물(主人物)이 어떤 장소에서 특정 장소로 이동하는 과정을 현재적 시공간으로 삼은 소설들을 들 수 있겠다.

신실한 길벗과의 동행일지라도 초행길의 길손이라면 그곳을 정확하게 찾아갈 수 있는 사람들은 드물 것이다. 아니 십중팔구는 우리들처럼 필경 그곳을 찾지 못하는 허행이기 십상이겠다. 박삼재(朴三載) 씨와 나의 경우도 그런 점에선 예외일 수 없었다. 시중에 나돌고 있는 어떤 조잡한 지도에도 그 지명은 적혀 있고 현실적으로도 엄연히 존재하고 있는 고장일 뿐더러 긴 역사 끝에 지금은 인구 6만 이상이 살고 있는 고장인데도 그곳을 똑바로 찾아갈 수 있는 사람은 드물다.

김주영, 「쇠둘레를 찾아서」, 1987

읍을 벗어나자 인가는 뜸해지고 대신 군부대의 시멘트 담과 철책 너머 퀀셋이 자주 눈에 띄었다. 간혹 '작전수행'이니 '운전교습'이니 하는 깃발을 단 군용차량이 헤드라이트를 밝히고 줄지어 지나가고 완전무장한 군인들이 행군해갔다. 그때마다 택시는 길옆에 비켜서서 그들이 다 지나갈 때를 기다려야 했다.

오정희, 「파로호」, 1989

위 소설들은 각각 주인물들이 쇠둘레, 파로호로 가는 여정을 담고 있다. 쇠둘레는 강원도 철원의 옛 지명이고 파로호는 강원도 화천과 양구에 걸쳐 있는 호수 이름이다. 이 소설들은 대도시에 사는 사람들로서는 낯선 오지의 마을로 가는 여행을 통해 일상의 경험과 여행지에서의 이색적인 체험을 혼재시키면서 여행자 자신의 내적 변신을 묘사하고 있다. '길 위의 작가'라 불리는 김주영의 「외촌장 기행」·「새를 찾아서」, 제목 그 자체로도 여행체험이 드러나 보이는 서영은의 『꿈길에서 꿈길로』, 역시 여행의 작가라 불리는 윤대녕의 「신라의 푸른 길」·「천지간」·「반달」, 박완서의 「겨울 나들이」·「그 가을의 사흘 동안」, 양귀자의 「천마총 가는 길」·「숨은 꽃」, 조성기의 「통도사 가는 길」, 박덕규의 「끝이 없는 길」·「세 사람」, 해이수의 이른바 '네팔 3부작'「고산병 입문」·「루클라 공항」·「아웃 오브 룸비니」 등은 이런 여로와 여행의 패턴을 지닌 소설이라 할 수 있다. 과거의 사연과 오늘 여행의 체험이 어우러지면서 어떤 심리적 변화에 직면하는 이런 형식의 소설을 일단 '여행소설(旅行小說)'이라 해도 좋겠는데, 이 중에서 특히 여행 중에 이동하는 과정을 주 시공간으로 하고 있는 소설을 '여로형(旅路型) 소설'이라 할 수 있겠다.

한편, 집을 떠나 장기간 외부에 머무는 여행과는 달리 어떤 목적으로 잠시 집 밖으로 외출해서 벌어진 일을 다룬 서사를 '외출형(外出型)'이라 이름붙일 수도 있다. 이런 외출형 소설 구조는 박완서, 오정희 등 여성 작가 소설이 주로 다루는 가정주부의 외출 체험에서 주로 확인할 수 있다. 이상의 「날개」(1936)부터 윤후명의 「원숭이는 없다」(1989)에 이르는 룸펜 주인공들의 거리 배회 스토리도 이에 해당된다고 볼 수 있다.

제2부

누가 대신 말할 것인가

작가에게는 언제나
대변인이 있다

소설은 작가가 독자에게 전해주는 이야기다. 그러나 소설이 작가가 독자에게 전해주는 이야기라 해서 작가 자신이 만든 이야기를 직접 늘어놓는 형식일 수 없다. 독자는 이미 소설이 작가가 의도적으로 꾸민 허구의 이야기라는 점에 대해 암묵적으로 동의한 상태다. 모든 작가는 자신이 꾸민 허구의 이야기를 독자에게 효과적으로 전달하기 위해 그 이야기상황에 걸맞은 대변자를 내세운다. 때에 따라 작가가 대변자 없이 소설에 등장해서 모든 사건에 대해 설명하고 있다 해도 그걸 작가 자신이라 믿어서는 안 된다. 실제로 작가의 자전적 삶을 주조로 하는 사소설은 작가가 맨얼굴로 작중의 주인공이나 등장인물로 설정되어 내세워지기도 한다. 그런 경우라도 그 인물은 작가가 의도한 자신의 모습이지 실상의 작가 모습 그대로일 수는 없다. 창작적 글쓰기에서 작가와 완전하게 일치하는 주인공이나 등장인물은 있을 수 없다고 봐야 한다.

> 내가 뉴욕에서 가장 먼저 시작한 일은 콧수염을 기르는 일이었다.
>
> 물론, 학위과정 등록을 마치고 수강 신청을 두 강좌 했으며, 서점에서 강의에 필요한 기본 교재를 일곱 권 구입했고 기숙사를 배정받아 배로 부쳤던 짐을 찾아 기숙사 방에 풀어놓기는 했지만, 그런 일들은 내가 계획한 일이기보다는 모든 유학생에게 공통되는 일이었다.
>
> 문형렬, 「내 친구 폴란드 인」, 1987

이 작품에서 '나'는 뉴욕에 간 유학생이다. '나'라고 표현돼 있지만 작가가 자기 자신을 작중의 '나'라고 설정한 것이 아님은 물론이다. 이를 반드시 증명하려는 사람이 있다면, 작가가 미국 유학 경험이 없으며 더구나 콧수염을 표 나게 기른 적이 없다는 실제 이력을 확인시켜주면 될 일이다. 그러나 그럴 필요가 없다. 독자는 이미 작가와의 암묵적인 약속으로 작중의 '나'가 작가 자신이 아니라는 사실을 알고 있을 뿐더러 작중의 '나' 또한 다른 등장인물들처럼 말하고 생각하고 행동함으로써 그 소설을 쓰고 있는 작가가 아니라 작가가 작중에 설정해놓은 한 인물임을 깨닫게 해주고 있다. 더 정확하게 말하면 '나'는 작중에서 말하고 행동하는 인물의 한 사람이자 자신의 체험을 비롯해 자신과 관계된 사람들의 사연을 독자에게 전달해주는 기능을 하는 존재이다. 이 소설은 뉴욕에 유학 간 '나'가 들려주는 이야기인데, 이때 그 이야기는 '나'만의 이야기가 아닌 '나'가 들려주고 싶은 '폴란드 인'에 관한 이야기가 주를 이룬다. 이렇듯 '나'는 작중의 주요 인물의 하나이자 동시에 작품 전체의 상황을 독자에게 전달해주기 위해 작가가 설정해놓은 작가의 대변자라는 지위를 가진 존재가 된다.

작가가 작품을 효과적으로 서술해나가기 위해 자신의 설정한 대변자를 일컬어 흔히 화자(話者)라 한다. 소설이 글로 서술된다는 점에서 '말하는 사람'(화자)이라는 의미가 마땅찮다고 생각된다면 '서술자(敍述者)'라고 칭해도 좋겠다. 서술자를 영어와 영문학에서 말하는 그대로 '내레이터(narrator)'라 쓰는 것이 용어 혼란을 막는다고 생각하는 학자들도 있는데, 우리나라에서는 이 말이 통상 '나레이터'로 표기되는 데다 주로 각종 논픽션 영상물의 해설자라는 의미로 활용되고 있어서 그렇게 하기 불편할 때도 있다. 어떻든 소설가는 이 내레이터 구실을 하는 화자를 통해 독자에게 이야기를 전달한다.

그때의 화자는 소설 속의 어떤 인물로 구체화될 수 있지만 무엇보다 이야기를 전달하는, 그러니까 소설이라는 형식 자체를 일관된 관점에서 이끌어나가는 서술 주체라는 의미로 가치를 발한다. 여기서 화자가 작품 전체의 상황을 보는 시점(視點, point of view)이 사리한다. 화자는 일관된 시점을 유지해 작품 전체의 상황을 보고 그것에 대해 서술한다.(아래 그림 참조) 화자가 시점의 일관성을 놓치면 서술자로서의 지위가 흔들리게 되고 그렇게 되면 그 서술은 신뢰할 수 없는 처지에 놓인다. 신뢰할 수 없는 서술이 소설을 성공작으로 이끌 리 없다.

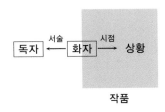

화자가 말하는(서술자가 서술하는) 이야기는 허구의 이야기이다. 독자는 이 허구의 이야기가 진짜가 아니라 허구라는 것을 알고 받아들인다. 그럼에도 불구하고 그 허구를 진짜처럼 받아들이는 데는 독자가 화자가 하는 허구의 이야기를 듣는 청자로 참여하는 과정을 통해서이다.(아래 그림 참조) 즉 독자는 소설을 수용할 때 작품 내에 내포된 청자로 개입함으로써 소설 내의 상황을 사실인 것처럼 수용하게 된다.

작중 화자가 하는 이야기는 그 이야기를 듣는 누군가(내포된 청자)를 지향하게 된다. 독자는 바로 이 작중에 내포된 청자의 청취 행위라는 과정을 거쳐 독서를 한다. 따라서 화자가 서술 주체자로서의 지위를 제대로 유지하지 못하면 내포된 청자는 그것에 대해 불신임하게 되고 그것은 그대로 독자의 작품에 대한 불신임으로 이어진다.

1964년 겨울을 서울에서 지냈던 사람이라면 누구나 알고 있겠지만, 밤이 되면 거리에 나타나는 선술집 — 오뎅과 군 참새와 세 가지 종류의 술 등을 팔고 있고, 얼어붙은 거리를 휩쓸며 부는 차가운 바람이 펄럭거리게 하는 포장을 들치고 안으로 들어서게 되어 있고, 그 안에 들어서면 카바이트 불의 길쭉한 불꽃이 바람에 흔들리고 있고, 염색한 군용(軍用) 잠바를 입고 있는 중년 사내가 술을 따르고 안주를 구워주고 있는 그러한 선술집에서, 그날 밤, 우리 세 사람은 우연히 만났다. 우리 세 사람이란 나와 도수 높은 안경을 쓴 안(安)이라는 대학원 학생과, 정체는 알 수 없지만 요컨대 가난뱅이라는 것만은 분명하여 그의 정체를 좀 알고 싶다는 생각은 조금도 나지 않는 서른대여섯 살짜리 사내를 말한다.

김승옥, 「서울, 1964년 겨울」, 1965

이 작품에는 '나'와 대학원생 안, 그리고 서른대여섯 살짜리 사내가 등장한다. '나'는 1964년 겨울, 서울의 한 선술집에서 세 사람의 우연한 만남을 진술하고 있다. 짐작하겠지만, '나'가 이날 풍경을 말하는 어투는 벌어진 일에 대해 얼마간 '시니컬한' 뉘앙스를 풍겨준다. 이 작품은 우리나라가 급진적인 황금만능의 세태로 물들어가는 시대상황에 적응하지 못하고 삶의 정체성을 잃어버린 개인의 허무한 내면을 드러내고 있다. '나'의 '시니컬한 어투'는 일관된 흐름으로 작중의 상황을 이끌어간다. 화자의 이러한 태도는 내포된 청자에게 일관된 태도로 신뢰감을 안겨주게 되고 독자는 청자의 신뢰감을 수용해 독서를 완성한다.

소설에서 신뢰감을 낳게 하는 화자의 지위는 그 위치와 관련해서도 생각해볼 수 있다. 소설에서 화자는 특정 인물에 고정되어 있을 수도 있고, 소설에 전개되는 모든 사건과 이야기의 전후 좌우 맥락을 다 알고 여러 등장인물의 내면을 넘나드는 위치에 있을 수도 있으며, 오직 소설이 전개되는 동안에 겉으로 드러나는 사실에 대해서 지켜보기만 하는 위치를 유지하고 있을 수도 있다. 이 중 자기가 쓰는 소설에 어떤 화자를 설정해 일관된 지위를 지키게 할 것인가 하는 것이 소설창작 능력과 크게 관련된다. 화자를 잘못 설정하면 아무리 중요한 주제, 재미있는 소재, 멋진 표현을 갖추어도 실패한 소설이 될 수밖에 없다.

이청준의 「눈길」에서 화자인 '나'의 위치가 어떻게 정립되어 있는지 살펴볼 수 있겠다. 소설은 '나'가 아내와 함께 시골 어머니 집에 와 있는 하루 동안의 상황을 서술하고 있다. 하룻밤을 자고 난 뒤, 급히 상경하려는 '나'에 대한 어머니의 체념에 '나'는 짜증이 솟는다. 실은 어머니의 그런 체념 뒤에는 '나'가 결코 캐고 싶지 않은 사연이 도사리고 있다. '나'가 고등학교 1학년 때 "술버릇이 사나워져 가던 형이 전답을 팔고 선산을 팔고, 마침내는 그 아버지 때부터 살아온 집까지 마지막으로 팔아넘겼다는 소식이" 들려와 "K시에서 겨울방학을 보내고 있던 나는 도대체 일이 어떻게 되어가는지 알아보고 싶어 옛 살던 마을엘 찾아가 보았다." 어머니는 그 팔린 집으로 '나'를 불러들여 그대로 옛집인 양 저녁밥을 먹이고 편히 잠을 자게 해주었다. 그러고는 다음날 새벽, 눈길을 걸어 차부까지 동행해 '나'를 차에 태워보낸 어머니는 "다시 그 어둠 속의 눈길을 되돌아" 걸어갔다.

'나'가 아는 사실은 여기까지이고, 그 다음의 일은 묻지도 않았고 애써 더 생각하지도 않아 왔다. "고등학교와 대학교의 군영 3년을 치러내는 동안 노인은 내게 아무것도 낳아 기르는 사람의 몫을 못했고, 나는 또 나대로" "자식놈의 도리를 못했다." 어머니와 "나는 결국 그런 식으로 서로 주고받을 것이 없는 처지"라고 '나'는 생각하고 있었다. 그런데 이날 아내의 집요한 유도로 풀어놓게 된 어머니의 말로 어머니가 눈길을 걸어 되돌아간 그날의 사정을 알게 된다. 그날 어머니는, 이제는 더는 뒷바라지할 수 없게 된 고교생 아들을 보내고 나서 "그 길로 차마 동네를 바로 들어설 수가 없어 잿등 위에 눈을 쓸고" 한참 동안 앉아 있었던 것이다. 어머니의 그 말을 들으며 "너무도 부끄러웠기 때문"에 "눈꺼풀 밑으로 뜨겁게 차오르는 것을" "꾹꾹 눌러 참으면서 내처 잠이 든 척" 버티는 '나'에게 어머니가 밝히는 그날 그때의 심정이 들려온다.

"갈 데가 없어서가 아니라 아침 햇살이 활짝 퍼져 들어 있는디, 눈에 덮인 그 우리 집 지붕까지도 햇살 때문에 볼 수가 없더구나. 더구나 동네에선 아침 짓는 연기가 한참인디 그렇게 시린 눈을 해갖고는 그 햇살이 부끄러워서 그럴 엄두가 안 생겨나더구나. 시린 눈이라도 좀 가라앉히자고 그래 그러고 앉아 있었더니라."

「눈길」은 '나'라는 화자가 자신이 경험한 것을 들려주는 화법을 구사하고 있는 작품이다. '나'는 아내와 함께 시골 어머니한테 와서 하루를 지내면서 아내의 호기심 탓으로 어머니로부터 '눈길'을 걷던 그날의 일을 듣게 된다. 스토리상으로 가장 핵심적인 사건에 해당하는 내용은, 위의 어머니의 대화에 나타나 있는 대로 차부에서 아들을 떠나보낸 어머니가 혼자 집 없는 마을로 돌아가던 때의 체험이다.

이 소설은 작가가 '나'라는 대변자를 내세웠는데, 그 체험에 관한 한 대변자의 입을 빌려서 직접 말할 수 없는 처지가 되었다. 그날 어머니의 체험이 이 소설로 보면 가장 결정적인 정보이지만 그렇다고 해서 그 체험을 '나'를 통하지 않고 어머니의 말만으로 전달할 수 없다. 가령 어머니의 내면적 정황은 '나'에게 들려오는 대화나 '나'에게 비친 표정 등이 아니면 서술될 수가 없다. 따라서 만일 '나'가 그 정보를 들을 수 없는 위치에 있었거나 한다면 이 소설은 핵심 정보가 빠진 소설로 마감되고 만다. '나'는 어머니의 그날의 체험을 듣고 싶어 하지 않았지만 결국 들어서 전달하는 화자의 소임을 다해야 했고(화자의 기능 면에서 보아), 그런 까닭으로 작가는 소설의 마지막 장면에서 '나'의 위치를 어머니의 말을 가로막지도 못하고 그렇다고 그 자리를 뜨지도 못하는 상황으로 설정해둔 것이다. '나'라는 화자의 지위는 그렇게 유지되고 있다.

나 아니면
그 사람이 말한다

'나'가 화자인 소설에서 '나'는 등장인물로서 작중에서 행동하는 역할이 있다. 이렇게 '나'가 등장하는 모든 소설은 그 서술 양식을 기준으로 1인칭 소설이라 한다.

그들이 내게 첫 번째 통신을 보내온 것은 수요일의 늦은 밤이었다. 그것은 내가 살고 있는 아파트 일 층 우편함 속에 들어 있었다. 가을비가 부슬부슬 내리는 저녁, 나는 집 앞에 있는 24시간 편의점 로손에서 간단한 저녁거리를 사 들고 집으로 돌아온 참이었다.

윤대녕, 「은어 낚시 통신」, 1992

조금 전까지 앞 차창에다 프리즘 빛을 만들던 햇발이 때 이르게 슬금슬금 잿빛으로 풀어지고 있는 모양을 나는 본다. 라디오에서 흘러

나오는 내 목소리가 바람결에 잦아드는 듯하다.

박덕규, 「끝이 없는 길」, 1997

위 소설들에서 '나'는 보고 느끼는 행동의 주체자로 내세워져 있으며, 또한 그것에 대해 말하는 화자의 기능을 수행한다. 이는 위에서 본 「동백꽃」, 「서울, 1964년 겨울」, 「눈길」과 같은 1인칭 소설의 예와 같다.

반면, '나'가 등장하지 않은 소설은 주인공이든 다른 등장인물 이든 모두 김씨·창수·영미나, 아저씨·노인·사내·눈 큰 아 이 아니면 그·그 여자·그이 식으로 명명된다. 이런 소설을 일 컬어 3인칭 소설이라 한다. 1인칭 소설의 화자가 이야기의 내부 에 있다면 3인칭 소설의 화자는 이야기의 외부에 있다고 간단히 구분할 수도 있다.

만기 치과 의원에는 원장인 서만기 씨와 간호원 홍인숙 양 외에도 거의 날마다 출근하다시피 하는 사람 둘이 있다. 그 한 사람은 비분 강개파 채익준 씨요, 다른 한 사람은 실의의 인간 천봉우 씨다. 두 사 람은 다 같이 서만기 원장의 중학교 동창생이다. 그들은 도리어 원장 보다도 먼저 나와서 대합실에 자리 잡고 신문을 읽고 있는 날도 있었 다. 더구나 채익준은 간호원보다도 일찍 나오는 수가 많았다.

손창섭, 「잉여인간」, 1958

발목까지 빠져드는 눈길을 두 사내가 터벌터벌 걷고 있었다. 우중 충 흐린 하늘은 곧 눈발이라도 세울 듯, 이제 한창 밝을 정월 보름달 이 시세를 잃고 있는 밤이었다.

앞서서 걷고 있는 사내는 작은 키에 다부져 보이는 체구였지만 그 걸음걸이가 어딘지 모르게 허전허전해 보였다.

이 사내로부터 두서너 걸음 뒤져 걷고 있는 사내는 멀쑥한 키에 언 뜻 보아 맺힌 데 없다는 인상을 주면서도 앞선 쪽에 비해 그 걸음걸 이는 한결 정확했다.

전상국, 「동행」, 1963

위 소설들은 각각 서만기·홍인숙·채익준·천봉우 등을 서 술하거나 작은 사내와 키 큰 사내를 주요 등장인물로 내세워 서 술하고 있다. 이들에 대해 서술하는 존재는 작중에 등장하지 않 는다. 그는 이야기 밖에서 이들에 대해 서술할 뿐이다. 앞에 예 를 든 「메밀꽃 필 무렵」, 「소나기」처럼 이 소설도 이야기 밖에 화 자를 두고 있는 3인칭 소설이다.

1인칭 소설은 화자인 '나'와 작중인물 '나'가 일치된다고 할 수 있다. 이에 비해 3인칭 소설에서 화자는 작중인물이 될 수 없어 화자와 작중인물들 간에는 어떤 거리가 존재한다.

나는 허리를 굽히고 캄캄한 동굴로 들어갔다.

흔들리는 촛불 아래 한 얼굴의 형상이 진흙 바닥에 어렴풋이 드러나 있었다. 남자인지 여자인지는 분명하지 않았으나 성숙한 어른의 얼굴인 것만은 분명했다. 마치 살아 있는 듯 나를 빤히 올려다보고 있었다.

한강, 「아기부처」, 1999

한가하게 장보러 나온 사람처럼 여자는 시장 곳곳을 빠짐없이 기웃거린다. 언제 해먹을지 생각도 해보지 않고 비름나물과 콩나물을 산다. 시장에 있는 모든 것이 여자를 자극한다. 보는 것마다 사고 싶다.

김민숙, 「비디오 보는 여자」, 1999

「아기부처」에서 '나'는 허리를 굽히고 캄캄한 동굴 속으로 들어간 '나'이면서 동시에 그 사실을 서술하고 있는 '나'이기도 하다. 여기서 '나'는 이야기 안에서 '나'에 대해 드러내준다. 「비디오 보는 여자」에서 '여자'는 시장을 기웃거리는 인물이다. 그런데 그 사실을 서술하고 있는 사람은 여자일 수 없다. 아울러 앞에서 말했듯이 그 사실을 서술하고 있는 사람은 작가일 수도 없다. 여자는 행동의 주체이고 그것을 서술하는 자는 이야기 밖에서 그를 전달하는 기능을 담당하는 화자다. 이처럼 1인칭 소설에서 화자 '나'와 행동하는 주체로서의 '나'의 관계와, 3인칭 소설에서 행동하는 주체로서의 3인칭 등장인물과 화자의 관계는 서로 다른 양상으로 소설구성을 가능하게 한다.

이외에 특별히 '나'가 등장하지 않은 소설상황에서 3인칭 인물들 말고 2인칭 '너'나 '당신'으로 지칭되는 인물이 등장하는 예가 있어 이를 2인칭 소설이라 부르기도 한다.

어렸을 적 당신은 떡갈나무에 대한 이야기를 읽었다. 이제는 제목도 생각나지 않고, 책의 장정도 떠오르지 않는, 그저 그렇고 그런 동화책에서였을 것이다. 거대한 나무의 밑둥엔 위로 치켜 올라간 눈꼬리와 심술궂게 다문 입이 그려져 있었고, 그 삽화들은 어린 당신을 떨게 하기에 충분했다. 나무. 그때부터 당신은 나무를 두려워 했다. 미친 여자의 머리카락처럼 산발하며 뻗어 내려간 뿌리와 기괴한 웃음소리를 내는 나뭇잎들. 나무들은 당신이 태어나기 전부터 그곳에 있었고 당신이 죽은 뒤에도 계속 있을 것처럼 보였다. 그 시절 당신의 집 앞에도 나무가 있었다. 지독한 냄새를 풍기는 아카시아 나무. 나무는 지붕을 덮었고 몇몇 가지는 당신 방 창문에 그림자를 드리웠다. 둥치로는 개미들이 줄줄이 기어오르고 굵은 가지 끝에는 말벌의 집이 대롱거리며 매달려 있었다. 밤이면 부엉인지 올빼민지 모를 새가 당신을 향해 울었다. 어린 당신은 생각했다. 언젠가 저 나무가 자라, 뿌리들은 부엌으로 솟구쳐 오르고 가지들은 지붕을 뚫고 들어오

리라. 개미들이 침대를 먹어치우고 새들은 거실에 집을 짓고 가을 독

오른 벌 떼들이 갓난 동생을 쏘아 죽이리라.

김영하, 「당신의 나무」, 1999

위는 '당신'이라는 인물의 어린 시절 모습을 그리고 있다. 이런 경우는 '나'는 등장하지 않으니 결코 1인칭 소설이라 할 수 없다. 그런데, '너' 자체로서는 1인칭 소설에서 '나'의 기능처럼 등장인물이자 서술 주체인 화자 구실을 함께 할 수 없으므로 2인칭 소설이라 할 수도 없는 상황이다. 이런 소설은 '너'라는 주인공을 이야기 밖의 자리에서 서술해주는 화자 자리가 따로 형성된 예로 이해할 수 있다. 이렇게 보면 '너'는 형태적으로는 그 사람·그녀·그 친구 등으로 대체되어도 무리가 없다. 따라서 흔히 2인칭 소설이라고 새삼 조명되고 있는 이런 유의 서술양식은 넓게 3인칭 소설의 범주에 포함된다고 봐도 좋다. 한편, 이 소설은 실은 '나'를 객관화시키려는 의도에서 '나'라는 기호 대신 '너'라는 기호를 내세운 예로 이해될 수도 있다. 이는 '나'가 등장하지 않은 게 아니라 기호만 달리한 경우로 1인칭 소설로 분류하는 것이 마땅하다.

체험하는 나와
말하는 나가 있다

1인칭 소설에서 가장 두드러진 서술 양식은 다음의 예에서 확인된다.

집안을 치우고 나니 한결 호젓하고 조용한 것 같다. 찻물 주전자를 불에 얹고 나는 부엌 벽에 걸린 전화기의 송수화기를 떼어 들었다. 지역번호를 누른 뒤 빠르고 센 힘으로 번호판을 꾹꾹 눌렀다. 아득한 공간 속으로 신호음이 울렸다. 열 번, 열다섯 번, 스무 번, 송수화기를 제자리에 걸고 나는 더운물을 부은 찻잔을 천천히 휘저었다.

오정희, 「옛 우물」, 1996

위 작품은 주인물 '나'가 직접 겪고 있는 일을 서술하고 있다. 이때 '나'의 체험은 시간상으로는 '−었다'의 과거형 시제에서 짐작되듯 과거의 일이지만, 독자의 느낌으로는 과거의 일이 아니라 현재의 시공간에서 겪고 있는 일로 받아들여진다. 이런 소설은 시제상으로는 과거형으로 서술되지만, 화자가 '나'의 내면에서 직접 겪고 느끼는 정황을 유지함으로써 독자가 읽을 때는 '나'가 현재적 시공간에서 겪고 있는 일로 받아들인다. 간단히 말해 '나'가 지금 겪고 있는 일을 '나'의 목소리로 들려주는 형식으로, 소설창작에서 가장 기본이 되는 화자 유형이라고 할 수 있다. 산업사회 이후 한국 소설사에서 두드러진 평가를 받고 있는 1인칭 소설들은 대체로 이와 같은 화자 유형을 취하고 있다.

앞에서 1인칭 소설에서 행동 주체로서의 '나'와 화자로서의 '나'가 서로 일치된다고 했지만 엄밀히 말하면 그렇게 규정할 수 없다. 가령

　　나는 길을 걸어갔다.

라는 진술에서 걸어간 사람은 바로 '나'인데, '나'가 걸어갔다고 말하는 사람도 바로 '나'이다. 이때 '나'는 **1) 걸어가는 체험을 한 '나'**와 **2) 걸어가는 체험을 했다고 말한 '나'**로 나누어진다. 소설론에서는 앞의 '나'를 '체험자아', 뒤의 '나'를 '서술자아'라고 구분해 쓰기도 한다. 1인칭 소설에서 작가는 이 체험자아와 서술자아 사이의 간극을 인식하지 않을 수 없다는 점에서 또다른 인식

이 필요하다.

> 나는 아버지와 아무 말 없이 있는 게 불편했고, 그래서 자리에서
> 일어나 창가로 가 창밖을 보았다. 조금 전 보았던, 흩어지고 있던 뭉
> 게구름들이 다시금 조금씩 뭉쳐지고 있었다.
>
> 정영문, 「자폐증」, 2000

위 작품에서 '나'는 아버지와 함께 있으면서 불편을 느끼며 창
밖을 내다본 '나'(체험자아)와 그런 '나'를 서술한 '나'(서술자아)로 구분
된다. 앞의 '체험자아−나'는 작품 내에 반드시 존재하지만 뒤의
'서술자아−나'는 전적으로 그렇다고 보기는 어렵다. 이를 그림
으로 나타내면 다음과 같다.

작품

1인칭 소설은 서술자아와 체험자아의 거리에 따라 다양한 유형의 글쓰기가 가능해진다.

　　노래방 도우미, 타인의 즐거운 노래에 장단을 맞추며 사는 인생이 내 운명의 어딘가에 있을 줄은 꿈에도 생각하지 못했다. 인천공항에 내릴 때만 하더라도 무엇이든 할 수 있을 것만 같았다. 물론 약간의 두려움이 없는 것은 아니었지만, 하고 싶은 일을 하며 살 수 있다는 꿈에 마음이 풍선처럼 부풀었던 것은 사실이었다. 이 땅에 도착하기까지 겪어야 했던 지나온 모든 고통이여 안녕, 이라고 마음속으로 소리쳤다. 그러나 하나원을 나오자마자 기다리고 있는 것은 탈북자는 이방인에 불과하다는 사실이었다.

정도상, 『찔레꽃』, 2008

　　위 소설은 탈북한 주인공 '나'가 꿈에 부풀어 국내로 들어왔으나 한 번도 생각해보지 않은 노래방 도우미로 살게 된 자신에 대해 서술하고 있다. 이때 '나'(서술자아)가 수용하고 있는 '나'(체험자아)의 범위는 가깝게는 서술 당시에 가장 인접한 시기(노래방 도우미 시절)에서부터 멀리는 인천공항으로 입국하던 때에 이르는 오랜 기간이 된다.

거의 이십 년 전의 그 시기가 조명 속의 무대처럼 환하게 떠올랐다. 그 시기를 연상할 때면 내 머릿속은 온통 청록색으로 뒤덮인 어두운 구도가 잡힌다. 그렇지만 어두운 구도의 한쪽에 쳐진 창문의 저쪽에서 새어들어오는 따뜻한 빛이 있는 것도 같다. 그것은 혼란이었다. 그리고 무엇보다도 아픔이었다. 그것이 미완성이었기 때문에? 그러나 삶의 단계에 정말 완성이라는 것은 있기라도 한 것인가. 아, 그때…… 하고 가볍게 일축해버릴 수 있는 과거의 시기가 있다. 짧은 시기지만 일생을 두고 영향을 미치는 그러한 시기가. 그래도 일상의 반복의 힘은 강한 것이어서 많은 시간 그 청록색의 구도 위에도 눈비가 내리고 꽃이 지고 피면서 서서히 둔감한 상처처럼 더께가 내려앉아 있었던 모양이다.

최윤, 「회색 눈사람」, 1992

위 작품에서 나는 자신의 인생에 큰 영향을 미친 이십 년 전 짧은 시기에 겪은 어떤 경험에 대해 서술하고 있다. 작품 내용의 시공간은 주로 이십 년 전 특정 시기로 설정된다. 이때 '나'(서술자아)가 수용하고 있는 '나'(체험자아)의 범위는 가깝게는 서술 당시 상황에서부터 아주 멀리는 이십 년 전 혼란과 아픔의 기억을 남긴 짧은 시기에 이르는 오랜 기간이 된다.(아래 그림 참조)

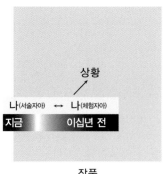

작품

1인칭 소설은 이처럼 서술자아 '나'와 체험자아 '나'의 거리 조정을 통해 사건을 구성하고, 이로부터 작품을 신빙성 있게 느끼게 한다.

그날 밤 나는 잠든 아내와 아이들 곁에서 늦도록 술잔을 비웠다. 나중에는 눈물까지 두어 방울 떨군 것 같은데, 그러나 그게 나를 위한 것이었는지 그를 위한 것이었는지, 또 세계와 인생에 대한 안도에서였는지 새로운 비관(悲觀)에서였는지 지금에조차 뚜렷하지 않다.

이문열, 「우리들의 일그러진 영웅」, 1987

이 소설은 '나'의 어릴 적의 '영웅'(엄석대)의 몰락 장면(수갑에 채워져 연행됨)을 본 그날 '나'의 회상이 주된 스토리를 이루고 있다. '나'는 그날 밤 술잔을 비우며 눈물까지 두어 방울 떨군 듯한 체험을 한다. 지금의 '나'는 다시 그러한 그날 밤의 '나'의 체험을 객관적으로 진술하고 있다. 즉, 이 소설은 그날 밤의 '나'의 체험을 객관적으로 서술해주는 지금 '나'의 진술로써 성립된다.(아래 그림 참조) 이는, 체험자아의 체험 내용에 대해 서술자아가 분명한 인식적 거리를 두고 서술하는 형태를 취하게 됨으로써, 일반적으로 받아들이기 어렵거나 아주 복잡하게 얽혀 있는 체험자아의 특별한 체험 내용까지도 신뢰할 수 있게 만든 예다.

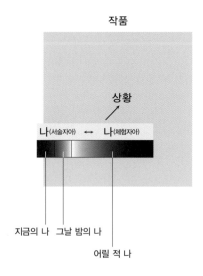

작품

상황

나(서술자아) ↔ 나(체험자아)

지금의 나   그날 밤의 나

어릴 적 나

내가 말하지만
이건 내 이야기가 아니다

1인칭 소설은 일단 '나'가 자신이 겪은 사실에 대해 말하는 방식을 취한다.

나는 자꾸만 몸을 뒤채었고, 그럴 때마다 낡은 장롱이 삐걱거렸다. 그러다 어느 순간엔가 깜박 무겁고 아득한 잠의 벼랑 밑으로 굴러떨어졌는데 기이하게도 그 짧은 순간에 나는 문득 이런 생각을 하고 웃음을 지었다. 우린 어쩌면 장난감 도시로 잘못 이사를 온 건지도 몰라……

이동하, 「장난감 도시」, 1979

위는 낯선 곳으로 이사 와 불편을 겪고 있는 '나'의 모습이 화자 '나'에게서 진술되고 있다. 이때 화자 '나'가 말하는 내용의 대부분은 바로 '나'가 겪고 있는 일이다. 즉, '나'는 '나'에 대해 말하고 있는 것이다. 그런데 어떤 소설은 화자 '나'가 '나'에 대해서 말하고 있는데도 실은 체험하는 '나'에 비해 '나'와 관련이 있는 어떤 특정 인물에 대해 더 자세히 말하는 예를 보인다.

나는 그녀가 일기를 쓴다는 걸 몰랐다.
뭘 쓴다는 것이 그녀에게는 도무지 어울리지 않는 일이었다. 자기 반성이나 자의식 같은 것이 일기를 쓰게 하는 나이도 아니었다. 그렇다고 학생 때 무슨 글을 써봤다는 소리도 듣지 못했다. 내게 쓴 연애 편지 몇 장도 그저 그런 여자스러운 감상을 달고 있을 뿐 글재주 같은 건 없었다.

은희경, 「빈처」, 1996

위 소설에서 '나'는 '그녀'가 일기를 쓴다는 걸 비로소 알았다고 진술하고 있다. '나'는 그녀가 뜻밖에도 일기를 써왔다는 사실에 대해 당혹스러워 하는 느낌을 지니고 있는 듯한데, 여기서 화제의 초점은 그 느낌을 가진 '나'에 있다기보다 그런 느낌을 갖게 만든 '그녀'에 있다고 할 수 있다. '나'가 '나'의 경험을 말하고 있지만 실제 화제의 초점은 '나'가 아니라 '나'를 놀라게 한 '그녀'에 있다. 이럴 때 이 소설의 화자는 '나'이지만 주인공은 '나'가 아니라 '그녀'가 된다. 이런 유의 소설을 화자 '나'가 '나' 아닌 특정한 인물(주인공)을 관찰해서 들려준다는 뜻으로 흔히 '1인칭 관찰자 시점'이라 한다.

아내는 알암이의 돌연스런 가출이 유괴에 의한 실종으로 확실시되고 난 다음에도 한동안은 악착스럽게 자신을 잘 견뎌나가고 있었다. 그것은 아이가 어쩌면 행여 무사히 되돌아오게 될지도 모른다는 간절한 희망과, 녀석에게 마지막 불행한 일이 생기기 전에 어떻게든지 놈을 다시 찾아내고 말겠다는 어미로서의 강인한 의지와 기원 때문인 것 같았다.

이청준, 「벌레 이야기」, 1985

위 소설에서 '나'는 아이가 유괴당한 충격을 견디는 아내를 관찰하고 있다.

나는 보다 과감하게, 우리말을 제대로 구사하는 데도 서툰 그를 삼개월 만에 요리 강의를 시켜버렸다. 동네 아줌마들을 모아놓고 처음 강의를 하면서 쩔쩔매던 그때의 그 눈물겨운 모습이란……. 게다가 그는 보기보다 성질까지 급해서 자신이 요리한 음식이 다 끓을 때까지 견뎌내지 못했다.

"화력이 문젬둥."

그가 요리 강의를 할 때 연신 냄비 뚜껑을 열며 중얼거리는 그 말은 우리 학원 강습생들 사이에 한동안 유행어가 되어있다.

박덕규, 「노루 사냥」, 1995

위 소설에서 '나'는 급할 때는 함경도 사투리를 내뱉는 한 요리사를 관찰하고 있다.

어머니의 칼끝에는 평생 누군가를 거둬 먹인 사람의 무심함이 서려 있다. 어머니는 내게 우는 여자도, 화장하는 여자도, 순종하는 여자도 아닌 칼을 쥔 여자였다. 건강하고 아름답지만 정장을 입고도 어묵을 우적우적 먹는, 그러면서도 자신이 음식을 우적우적 씹고 있다는 사실을 모르는 촌부. 어머니는 칼 하나를 25년 넘게 써왔다. 얼추 내 나이와 비슷한 세월이다. 썰고, 가르고, 다지는 동안 칼은 종이처럼 얇아졌다. 씹고, 삼키고, 우물거리는 동안 내 창자와 내 간, 심장과 콩팥은 무럭무럭 자라났다. 나는 어머니가 해주는 음식과 함께 그 재료에 난 칼자국도 함께 삼켰다. 어두운 내 몸속에는 실로 무수한 칼자국이 새겨져 있다. 그것은 혈관을 타고 다니며 나를 건드린다.

김애란, 「칼자국」, 2008

위 소설에서 '나'는 어머니의 칼에 서린 흔적을 통해 상처 많은 어머니 생애를 서술하고 있다.

위의 작품들에서 '나'는 '나'의 경험을 말하기보다 '나' 아닌 어떤 사람(아내, 그, 어머니)이 겪고 있는 일에 대해 서술하고 있다. 화자의 처지는 '나'의 내면에 있지만 '나'의 경험보다 '나' 아닌 상대의 경험을 전달하는 지위를 유지한다. 전통적인 소설론 책에서 이에 대해 설명하기 위해 주로 예로 드는 대표적인 작품이 주요섭의 「사랑손님과 어머니」(1930) 정도다. 하지만 1인칭 '나'가 등장하면서도 '나' 아닌 다른 사람의 경험을 바라보는 지위를 유지하는 이런 형태는 뜻밖으로 많은 소설 방식을 보여주고 있음을 알아두는 게 좋다. 이는 체험 당사자가 직접 진술하기 어려운 **1) 충격적인 사건이거나 단번에 설명하기 어려운 긴 인생사, 2) 감정을 드러내기 곤란하거나 가치 판단이 유보된 상황** 등에 대해 화자 '나'가 진술을 대신함으로써 사실의 객관성을 유지해 그만큼 독자에게 신뢰감을 주는 상황을 만들어준다.

1)의 사례로 우선 이청준의 「벌레 이야기」를 들 수 있다. 이 소설에서 '나'는 유괴범에게 아이를 잃고 결국 자살로 생을 마감하는 아내의 사연을 들려준다. 이런 사연을 가령 죽은 아내 자신이 자신의 일로 직접 진술하는 형태도 가능하다 할 수 있겠는데, 이럴 경우 충격적인 경험(아이가 유괴 살해당함)을 직접 자신의 일로 말하는 과정에서의 흥분, 객관성 상실 등의 문제가 발생할 수 있다. 이 소설에서 주인공 스스로 나서서 자신의 일을 말하는 방법에서 나타날 수 있는 문제점이 관찰하는 화자 '나'가 나서서 그것을 대신

말해주는 과정으로 해소된 셈이다.

황순원의 「모든 영광은」(1958)은 친구를 밀고해 죽음으로 이끈한 사내가 끝내 친구 부인과 동침하게 되는 과정을 '나'의 시선으로 그려내고 있다. 이청준의 「소문의 벽」(1971)도 정신병을 앓고 있는 한 소설가의 특별한 이력을 '나'의 처지에서 추적하는 작품이다. 이제하의 「초식」(1972)도 기이한 삶을 살았던 아버지의 생애를 아들인 '나'의 기억 안에서 재구성해서 객관화했다. 윤후명의 「모든 별들은 음악소리를 낸다」(1983)에서는 아버지의 생애가, 윤대녕의 「탱자」(2004)에서는 고모의 생애가 '나'를 통해 재구성되면서 객관성을 유지해냈다. 이문열의 「우리들의 일그러진 영웅」(1987)에서처럼 '나'가 특별한 한 인물과의 만남을 추억하는 형식 또한 이에 해당하는 사례로 볼 수 있다. 김애란의 「칼자국」에서 한평생 '칼질'을 하면서 살아온 어머니의 인생사가 딸인 '나'를 거치면서 재구성된 형태를 보여준다.

2)의 사례로 어린 '나'가 어른들의 드러내 밝힐 수 없는 미묘한 사랑의 감정을 객관적으로 전달하는 구실을 하고 있는 「사랑손님과 어머니」를 들면 손쉽다. 채만식의 「치숙(痴叔)」(1938)에서 일본인 상점의 점원으로 일하고 있는 '나'는 사회주의 운동을 하는 아저씨의 무능을 비판하는데, 그 이면에 일제의 수탈에 맞선 사회주의에 대한 옹호라는 작가의 의도가 숨어 있다. 윤흥길의 「장마」(1973)의 어린 '나'는 한 집안에서 우익과 좌익으로 갈린 친외

가의 첨예한 대립을 가치 판단 없이 바라보는 자리를, 김원일의 「미망」(1982)의 '나'는 할머니와 어머니의 대립을 가치 중립적인 자리에서 지켜보는 자리를 유지한다. 양귀자의 「원미동 시인」(1986)은 어린 '나'의 입을 빌려 정신이상자 취급을 받는 '몽달씨'의 기이한 언동을 객관화하는 힘을 얻었다. 김형경의 「담배 피우는 여자」(1995)에서 '나'는 담배 피우는 일로 남편에게 학대받다 죽은 이웃집 여인을 떠올리며 가부장제의 폭력성을 고발한다. 박덕규의 「노루 사냥」은 탈북자인 투박한 요리사 박당삼의 기이한 행적이 요리전문가 '나'를 통해 재구성되었다.

또는 일반인들의 가치관으로는 설명이 되지 않는 특별한 정신세계를 가진 사람들, 이를테면 예술가들이나 영적인 세계를 추구하는 사람, 정신 병력을 가진 사람, 자신의 저지른 죄나 심각한 비밀을 감추고 있는 사람 등의 사연을 다루는 소설들도 위의 1)과 2)의 범주에서 효과를 발휘하는 예가 적지 않다.

내가 쓴 편지도, 우리 함께 하는 말도 소설이 된다

김동인의 「배따라기」(1921)는 화자가 어느 화창한 봄날 대동강으로 봄 경치를 구경하러 나갔다가 '배따라기'를 부르는 사내로부터 들은 기구한 이야기를 내용으로 하고 있다. 스토리 단락으로는 **1) 화자가 사내를 만나 이야기를 듣는 과정**과 **2) 사내가 하는 실제의 이야기** 둘로 나누어 볼 수 있다. 이 중 **1)** 은 본 스토리를 유도하는 리드 스토리(lead story), **2)**는 작중의 중심 상황을 드러낸 메인 스토리(main story)다. 시점 분류로는 **1)**은 화자 '나'가 이끄는 1인칭 서술상황이고, **2)**는 '나'에게 자신의 이야기를 들려준 사내를 중심으로 한 3인칭 서술상황이라 할 수 있다.

김동리의 「등신불」(1961)은 '나'가 일제강점기에 학병에 끌려갔다가 도주해 어느 절에 머물면서 등신불을 보고 감동한 이야기를 표면적인 서사로 두고 있다. 스토리 단락으로는 **1) '나'가 어**

느 절에 머물면서 등신불을 보고 감동한 내용과 **2) 등신불에 얽힌 만적의 설화**로 나누어 볼 수 있다. **1)**은 **2)**를 유도하는 리드 스토리라면 **2)**는 **1)**에 비해 핵심적인 내용을 담고 포인트 스토리(point story)라 할 수 있다. 시점 분류로는 **1)**은 '나'가 이끄는 1인칭 서술상황이고, **2)**는 '나'가 재구성한 3인칭 서술상황이다.

루쉰의 「광인일기」도 화자가 피해망상증에 걸린 광인에게 넘겨받은 일기를 원문 그대로 살리면서 공개한 것이 소설 그 자체가 된 예다. 이 경우는 일기를 건네받은 화자의 자리에서의 1인칭 서술상황과, 광인 자체를 '나'로 한 1인칭 서술상황이 공존한다. 한 작품에 두 겹의 서사층이 존재하는 이런 양식을 흔히 액자소설(額子小說)이라 하는바, 이들은 대개 각각의 서사층에 서로 다른 화자를 내세우게 된다.

한편, 작중인물이 특정 인물에게 보내는 편지 양식이 전경 그대로 작품이 되는 예도 있다.

마을로 들어오는 길은, 막 봄이 와서, 여기저기 참 아름다웠습니다. 산은 푸르고 …… 푸름 사이로 분홍 진달래가 …… 그 사이 …… 또…… 때때로 노랑 물감을 뭉개놓은 듯, 개나리가 막 섞여서는 …… 환하디 환했습니다. 그런 경치를 자주 보게 돼서 기분이 좋아졌다가도 곧 처연해지곤 했어요. 아름다운 걸 보면 늘 슬프다고 하시더니 당신의 그 기운이 제게 뻗쳤던가 봅니다. 연푸른 봄산에 마른버짐처럼 퍼진 산 벚꽃을 보고 곧 화장이 얼룩덜룩해졌으니.

저, 저만큼, 집이 보이는데,

저는, 집으로 바로 들어가질 못하고, 송두리째 텅 빈 것 같은 마을을 한바퀴 돌고도…… 또 들어가질 못하고…… 서성대다가 시끄러운 새소리를 들었어요. 미루나무를 올려다 보니 부부일까? 두 마리의 까치가, 참으로 부지런히 둥지를…… 둥지를 틀고 있었어요. 오래 바라보았습니다, 둘이 서로 번갈아가며 부지런히 나뭇잎이며 가지들을 물어 나르는 것을.

이 고장을 찾아올 때는 당신께 이런 편지를 쓰려고 온 것이 분명 아니었습니다. 이런 글을 쓰려고 오다니요? 저는 당신과 함께 떠나려 했잖습니까.

비행기를 타 버리자.

당신이 저와 함께 하겠다는 그 결정을 내려주었을 때, 저는 너무나 환해서 꿈인가? ……꿈이겠지, 어떻게 그런 일이 내게…… 다름도 아닌 내게 찾아와주려고, 꿈일 테지, 했어요.

신경숙, 「풍금이 있던 자리」, 1992

미국으로 함께 가자는 '당신'의 요구에 즉답을 미루고 고향에 온 화자가 대답을 대신해 편지를 쓰게 되는데, 이 소설은 편지 내용이 그대로 전경에 나온 예에 해당한다. 일본 근대문학의 아버지 격인 나쓰메 소세키의 『마음』(1914)이나 1920년 신경향파 문학을 대표하는 최서해의 「탈출기」(1925) 등은 편지글 양식으로 된 이른바 서간체 소설이다. 괴테의 『젊은 베르테르의 슬픔』(1974)을 비롯해 이광수의 「어린 벗에게」(1917), 황석영의 「아우를 위하여」(1974) 등 많은 소설이 이런 형식을 빌리고 있다.

일기나 편지 외에 연설문, 법정 진술, 포고문 같은 것들도 표현 양식 그대로 소설이 될 수도 있다. 최인훈 연작소설 『총독의 소리』(1967~1976)는 프랑스 알제리전선의 자매단체이며 한국의 지하비밀단체인 '조선총독부 지하부 소속 유령 해적방송'의 발표문을 라디오 방송 내용 그대로의 양식으로 소설작품을 삼은 예다. 이문열의 「타오르는 추억」(1983)은 연좌제의 시달림으로 정신이 이상해진 인물이 취조실에서 하는 고백 내용이 그대로 소설이 되고 있다. 고원정의 「수사학, 그 경향과 대책 1」(1987)은 한 통치자의 갑작스런 사망 사건에 대한 발표문을 수정하는 대변인의 대화가 곧 소설이 되고 있다.

한편, 1인칭 소설인데도 '나'라는 1인칭 인물이 등장하지 않는 소설도 있다. 특히 집단적 가치가 사건의 주된 제재가 되는 소설에서 자주 이런 형태가 나타난다.

조심스러운 노크 소리가 들린 다음, 문이 열린 뒤, 한 사내가 거기 모습을 나타냈을 때, 우리는 우선 우리의 눈을 의심하지 않으면 안 되었다. 우리는 이렇게 큰 사내가 군복을 입고 있는 모습을 일찍이

내가 쓴 편지도, 우리 함께 하는 말도
소설이 된다

본 적이 없었던 것이다.

조해일, 「맨드롱 따또」, 1970

정태가 교칙을 위반하여 첫 번째 각서를 쓴 것은 흡연 문제 때문
이었다. 우리가 알기에 정태는 담배를 피우지 않는 아이였다. 그러나
주머니검사에서 담배꽁초가 두 개 나왔던 것이다. 뒤에 그가 우리들
중 누구에게 말한 바에 의하면 목수 일을 하는 그의 부친이 그 담배
꽁초가 나온 교련복 바지를 자주 입었다는 것이다. 왜 그 사실을 얘
기하지 않느냐니까 그는 그냥 고개만 저었다. 학기 초부터 담임의 미
움을 감당해온 그로서 있을 수 있는 일이었다. 얘기해보았자 통하지
않으리란 생각. 그리고 정태는 은연중 반항한 것이다.

전상국, 「돼지새끼들의 울음」, 1975

위 두 작품에는 1인칭 복수인 '우리'라는 화자가 설정되어 있
다. 이런 소설은 '우리'로 함께 포괄될 수 있는 다수 사람들이 특
정한 사건이나 대상에 대해 동일한 관점을 유지하면서 행동하고
인식하는 형태로 서술된다. 「맨드롱 따또」는 어느 군부대에 속한
우리(내무반 병사들)가 처음 맞은 사내(전입병)의 큰 몸집에 경악스러
워 하는 장면을 묘사한다. 소설은 한 내무반 병사들의 공통된 가
치관으로 이에서 벗어나는 전입병을 철저하게 학대하는 과정을
그리고 있다. 「돼지새끼들의 울음」은 우리(한 학급 급우들)가 담임선

생의 통치에 억울하게 당한 정태(급우)의 소리 없는 반항을 서술해 준다. 소설은 완벽한 학급을 꿈꾸며 독재를 행하다 급우들(우리)의 계략으로 몰락하는 담임선생을 주목하고 있다. 이처럼 1인칭 소설이면서도 1인칭 인물 '나'가 아닌 복수형 '우리'가 등장인물이자 서술자로 내세워진 이런 소설은 '우리'라는 집단과 특정 개인 간의 대립을 주된 줄거리로 삼곤 한다. 이런 소설에서는 그런 대립이 쉽게 발생되는 공간, 이를테면 군대나 교실, 감방 같은 곳이 작중 무대가 된다는 특징도 볼 수 있다.

그 사람은
이런 식으로 말한다

'나'가 등장하지 않는 3인칭 소설에서의 화자와 시점에 대해서는 주로 두 가지 경우를 생각할 수 있다. 우선 **사건의 외부에서 화자의 지위를 유지하는 경우가 가장 흔한 예다.**

이 학마을 이장 영감과 서당의 박훈장은 지팡이로 턱을 괴고 영마루에 나란히 앉아 말없이 마을을 내려다보고 있었다.

그들은 둘이 다 오늘 아침 면사무소 마당에서 손자들을 화물 자동차에 실어보내고 돌아오는 길이었다. 왜놈들은 끝내 이 두메에서까지 병정을 뽑아내었던 것이었다.

두 노인의 흐린 눈들은 똑같이 저 밑의 마을 한가운데 소나무를 물끄러미 내려다보고 있었다. 그들은 아침부터 지금 낮이 기울도록 삼십 리 길을 같이 걸어오면서도 거의 한 마디 말이 없었다.

이범선, 「학마을 사람들」, 1957

위 대목은 이장 영감과 박훈장이 손자들이 일제의 강제 징병에 실려가는 것을 보고 상심한 채 마을을 내려다보고 있는 장면이다. 이때 화자는 인물의 체험 영역 밖에서 작중 상황 전체를 설명해주고 있다.

순이가 즐겨하는 생선을 골라 사들였다. 별로 이웃과는 사귀지도 않았다.

갖고 있는 돈이 거의 다 떨어지자 석이는 바닷가로 나가 고깃그물을 끌어주고 얼마만큼씩 나눠주는 생선을 받아가지고 들어오곤 했다.

지니고 있던 패물마저 다 팔아버리자 생각 끝에 고기잡이배를 따라 바다로 나가기로 했다.

석이가 바다로 나가기 전날, 순이는 석이 어머니의 물림으로 받은 패물 중에서 단 한 가지 남은 은가락지를 팔았다. 석이에게 곰방대와 잎담배를 사주기 위해서였다. 산으로 들어가자부터 잎담배를 구할 도리가 없어 담배를 끊고 있었던 것이다.

황순원, 「잃어버린 사람들」, 1956

위 대목은 석이와 순이가 함께 살면서 점점 빈궁해지는 상황을 드러낸 장면이다. 화자는 이러한 두 사람의 처지를 객관적으로 설명해주고 있다. 3인칭 소설에서 위와 같이 **사건의 외부에**

서 화자의 지위를 유지하는 경우를 일컬어 화자시점소설이라 한다. 우리가 그동안 말해온 '전지적 작가시점'은 대개 이에 해당하는 것이다. 이런 시점은 단편소설에도 물론 흔히 볼 수 있지만, 그에 비해 장편소설에서 더욱 빈번한 예로 볼 수 있고, 한편으로 일반적인 장편소설보다 등장인물이 더 많은 대하소설에서 훨씬 전형적인 효과를 얻을 수 있다. 박경리의 『토지』나, 김원일의 『불의 제전』, 조정래의 『태백산맥』 등의 대하소설을 떠올리면 쉽게 이해될 것이다.

이와 달리 같은 3인칭 소설에서 화자가 객관적인 지위를 유지하지 않고 작중 상황에 직접 개입해서 말하는 예도 적지 않다.

1) 전차는 왔다. 김첨지는 원망스럽게 전차 타는 이를 노리고 있었다. 그러나, 그의 예감(豫感)은 틀리지 않았다. 전차가 빡빡하게 사람을 싣고 움직이기 시작하였을 제 타고 남은 손 하나가 있었다. 굉장하게 큰 가방을 들고 있는 걸 보면 아마 붐비는 차 안에 짐이 크다 하여 차장에게 밀려 내려온 눈치였다. 김첨지는 대어 섰다.

현진건, 「운수 좋은 날」, 1924

2) 부풀 대로 부푼 배, 어기적거리는 걸음으로 철도 승강장의 계단을 내려가기는 힘들었다. 열차 안에선 배를 독서대 삼아 육아책을 읽었다. 세상에 완전한 부모는 없다. 아이는 부모의 소유물이 아니고

하늘이 나에게 준 은혜요 책임으로 생각해야 한다. 육아책 서문의 문구는 30대 후반에 처음으로 아이 엄마가 되는 경은에게 부적을 지닌 것 같은 위안을 주었다. 어쩌면 아버지도 한평생 당신의 불완전함을 남몰래 견뎠을지도 모른다는 깨달음이 스멀거렸다. 경은은 책을 덮고 창밖을 내다보았다.

이혜경, 「피아간(彼我間)」, 2006

위 1), 2)는 각각 작중의 특별한 한 인물(김첨지, 경은)을 중심으로 사건이 전개되고 있는 소설이다. 이런 소설은 특히 그 인물이 체험하거나 인지하고 있는 사실에 대해서만 서술된다는 특징이 나타난다. 1)은 복잡한 전차에 타려는 승객 중에 짐이 커서 결국 타지 못하게 된 한 사람 앞에 나서는 김첨지의 행동을 김첨지 자신의 처지에서 서술한 내용이다. 2)는 아이 밴 몸으로 열차 안에서 부푼 배를 독서대 삼아 육아책을 읽는 경은의 상황을 경은 자신의 처지에서 서술하고 있는 내용이다. 소설은 각각 이들 특정한 한 인물을 중심으로 전개되며, 그 인물은 대개 그 소설의 주인공이다. 특별한 목적으로 삽입되는 이야기 대목을 빼면 이런 소설에서 이 주인공이 등장하지 않은 장면을 서술하는 예는 없다고 할 수 있다. 이런 유형의 소설을 3인칭 소설 중에서도 **인물시점 소설**이라 한다.

이렇듯 3인칭 소설은 작중 상황을 화자의 자리에서 유지하느냐 인물의 자리에서 유지하느냐에 따라 화자시점소설과 인물시점소설로 나눌 수 있다.

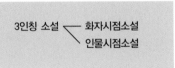

3인칭 소설 ─── 화자시점소설
                인물시점소설

한편, 3인칭 소설에서 화자가 특정 인물을 통해서만 그 지위를 유지하는 예에 대해 좀 더 진지한 성찰을 할 필요가 있다. 우선, 3인칭 인물시점소설에서 화자의 지위를 특정 인물로 집중하는 것을 '내적 초점화'라 부른다. 그렇게 내적 초점화가 이루어진 그 인물을 '초점화자'라 한다.(아래 그림 참조) 그리고 통상 초점화자는 그 소설의 주인공일 수밖에 없다는 점도 이해해두자. 1)에서는 김첨지를 2)에서는 경은을 초점화자라 할 수 있으며, 역시 둘은 각각 그 소설의 주인공이다. 3인칭 인물시점소설은 단편소설 분야에서 특히 높은 성과를 내고 있는 한국 현대소설사에서 주로 1970년대 이후 더욱 많이 창작된 것으로 조사되고 있다. 이 유형은 더구나 여성 작가들이 전면적으로 한국 문단을 점유하게 된 1980년대 이후 내면 심리를 미세하게 묘사하는 데 익숙한 방법으로 각광받고 있다.

작품

앞에서 3인칭 화자시점소설이 작중 상황을 설명하는 화자의 자리에서 시점을 유지하는 것으로 설명했지만, 실은 이 경우도 다양한 유형의 시점 변화가 일어난다는 점을 알아두어야 한다.

이틀째 되는 날에 그 일이 일어났다. 그리고 소년은 그 광경을 처음 본 순간부터 머리가 터질 듯이 아파오기 시작하고 귓속이 멍멍해졌다.

오후 망보기를 하고 있었다. 왜군들은 진지를 다 끝내고 쉬고 있다. 야산에 자란 잡목 그늘에 누워도 있고, 천막 안에도 있고, 서너 명이 학교 쪽으로 걸어간다. 소년은 긴장한다. 왜병들이 울타리도 없는 운동장에 들어가서 선다. 구경을 한다. 그러더니 줄다리기에 두 편으로 갈라서 끼여들어 어울린다. 흰 이가 드러나는 왜병들과 아이들 영차영차 소리, 사람들이 와르르 흔들린다. 망원경을 잡은 손이 제 손 같지 않게 흔들리는 것이다.

잠이 깨어 소년 곁으로 기어온 조장은 소년의 눈빛이 달라진 것을 보았다. 조장은 망원경을 받아들고 살펴보았다. 먼저 왜병들을 찬찬히 바라보고 그 역시 학교 쪽으로 망원경을 돌리자 굳어졌다. 사격에 뛰어나 뽑혀오게 된 소년이 고향에서 일가가 모두 왜병들에게 참살되고 천애 고아가 된 처지임을 알고 있는 조장은 소년의 마음을 알수 있었다. 그가 망원경에서 눈을 뗐을 때 소년은 물 뜨러 가고 없었다. 저녁에 다시 소년이 망보기를 맡았을 때 소년은 침착해 보였다.

보름을 지난 달 아래 강물이 번쩍거리고 맞은편 강산은 깊이 잠들어 있었다. 그들이 이렇게 깨어 있는데도.

최인훈, 「달과 소년병」

위 대목은 조장과 함께 망원경으로 왜군들의 동태를 살피고 있던 소년의 마음에 갈등이 일어난 상황을 그리고 있다. 화자는 두 사람이 처한 전반적인 상황을 드러내면서 그 시점을 때에 따라 일시적으로 소년의 내면이나 조장의 내면으로 옮겨놓았다. 소년은 망보기를 하다 왜병과 아이들의 평화로운 운동회 장면을 보며 혼란을 느끼고 있고, 조장은 소년의 태도를 통해 그러한 마음의 심리적 갈등을 읽어낸다. 소년과 조장은 각각 화자에게 시점을 위임받은 것이다.

이처럼 3인칭 소설에서 화자가 사건의 상황 전체를 드러내다가 필요할 때마다 하나 이상의 작중인물에게 시점을 위임하는 예가 잦다.

그들은 불이 켜진 현관으로 들어섰다. 싱싱하게 자란 치자 화분이
신발장 곁에 놓여 있었다. 백씨와 박씨가 거실에서 기다리고 있다가
그들을 맞이했다. 어서 오세요, 형님. 백씨가 웃으며 말했다.

늦었는데, 어려운 걸음들 하셨네요.

그는 아래쪽 단추 몇 개를 채우지 않은 셔츠를 입고 있었다. 머리
털은 헝클어져 있었고, 맨발에 양복바지 차림이었다. 박씨는 그의 곁
에서 눈을 굴리며 서 있었다. 잠들기 전에 바르는 크림을 듬뿍 발랐
는지 얼굴이 균일하게 반짝거렸다. 한씨와 고씨는 말없이 신발을 벗
고 거실로 올라갔다. 곰과 밈은 현관에 서서 거실을 바라보았다.

거실은 안쪽으로 깊었고, 등을 한 개만 켜두어서 조금 어두웠다.
바닥재며 식탁이며 모두 새 것이었다. 곰과 밈이 예전에 그 집에서
보았던 낡은 것들은 하나도 남은 것이 없었다. 우린 이제 가면 안 되
나. 밈이 작게 중얼거렸다.

황정은, 「야행(夜行)」, 2008

위 대목은 밤중에 한씨와 고씨가 곰과 밈을 데리고 백씨와 박
씨의 집에 방문한 장면이다. 이 장면의 전반적인 정황은 주로 화
자의 시점에서 서술되고 있다. 그런데 갑작스런 방문에 당혹스
러워 하는 주인 부부 박씨와 백씨의 매무새와 태도를 관찰하는

특정한 시점은, 방문한 한씨와 고씨 가족(그들)의 자리에서 생겨나 있음을 보게 된다. 또한 "그 집에서 보았던 낡은 것들은 하나도 남은 것이 없었다"라고 관찰하는 주체는 화자의 시점을 일시적으로 위임받은 곰과 밈이라는 사실도 알 수 있다.

이처럼 3인칭 화자시점소설에서 화자가 사건의 상황 전체를 드러내다가 필요할 때마다 하나 이상의 작중인물에게 시점을 위임하는 예가 잦다. 이를 3인칭 인물시점소설과 비교해보자. 3인칭 인물시점소설은 특정한 한 인물에 화자의 시점이 고정돼 있는 경우다. 이에 비해 3인칭 화자시점소설은 사건 전체를 이끄는 화자시점이 유지되는 것을 기본으로 하는데, 사실 대부분의 경우 작중 상황에 따라 화자의 지위를 작중의 특정한 인물에게 옮겨준다는 특징이 있다. 시점이 특정한 인물로 옮겨지게 되면 그런 상황에서는 3인칭 화자시점 상황이던 것이 3인칭 인물시점 상황으로 전환된 상태가 된다. 「달과 소년병」에서 소년이나 조장이 일시적으로 초점화자의 구실을 하는 예에서 보는 것과 같다. 즉, 3인칭 화자시점소설은 소설의 전개상황에 따라 3인칭 인물시점 상황을 내재하기도 한다는 특징이 있다.

---

* 지금까지의 1인칭 소설, 3인칭 소설의 화자와 시점에 관한 그림 부분은 특히 나병철, 『소설의 이해』를 참조해 변형한 것이다.

아무것도 모르는 척,
모두 다 아는 척

3인칭 화자시점소설은 대개 필요에 따라 3인칭 인물시점 서술의 특징을 보이기도 한다고 설명했다. 그런데, 같은 3인칭 화자시점소설이면서 시점을 어떤 작중인물한테도 내어 주지 않은 소설도 있다.

이 지역은 일찍 문을 닫는 곳이다. 이따금 담배 가게나 밤새워 영업을 하는 간이식당의 불빛이 보이기는 하지만, 번화가의 문은 침묵에 싸인 지 오래다.

경찰관은 어느 길목의 중간쯤에 와서 갑자기 발걸음을 늦춘다. 컴컴한 철물점 입구에, 어떤 사내가 불을 붙이지 않은 시가를 입에 물고 기대 서 있다가 황급히 말했다.

"여긴 별일 없네요, 경찰관 아저씨. 전 친구를 기다리고 있어요.

20년 전에 한 약속이죠. 조금 이상하게 들리시죠? 사실대로 모두 알고 싶으시다면 자세히 설명해 드리지요. 20년 전, 여기 이 철물점이 있는 곳에 '빅 조 브래디'라는 식당이 있었습니다."

"6년 전까지도 있었죠. 헐린 건 그 뒤죠."

경찰관이 말을 받았다.

철물점 입구에 서 있던 사내는 성냥을 그어 시가에 불을 붙인다. 날카로운 눈초리가 느껴졌다. 창백하고 턱이 모난 얼굴의 오른쪽 눈썹 가에 작고 하얀 흉터가 성냥불에 비쳤다. 큰 다이아몬드가 박힌 넥타이핀을 낀 것도 보였다.

오 헨리, 「이십 년 뒤」

위 대목은 철시한 상가의 한 철물점 앞에서 20년 전 친구와 만나기로 한 약속을 지키기 위해 와 있다는 사내와 그곳을 지나던 경찰관이 만난 장면이다. 1인칭 인물이 없으니 당연히 3인칭 소설인 이 작품에서 화자의 시점은 사내와 경찰관 등 등장인물의 밖에 자리한다. 등장인물의 내면으로 시점을 옮겨가는 법이 없다. 그뿐 아니라 화자는 겉으로 드러나는 외양이나 등장인물들이 나누는 대화 등을 통해 알 수 있는 정보 외에는 어떤 것도 아는 척하지 않는 특징도 보인다. 화자는 철저히 등장인물의 밖에서 등장인물의 외양과 그들이 처해 있는 공간에 대한 묘사로 상황을 나타내줄 뿐이다. 이런 화자 유형을 '목격자 시점', '극적 제시',

'카메라 시점' 등으로 명명하고 있다. 또한 무대공연에서 필요에 따라 특정 상황에 조명을 맞추는 연출과 같다 해서 이를 '무대조명 시점'으로 부를 수 있다.(아래 그림 참조) 이 유형에서는 무엇보다 관찰하는 주체(화자)가 관찰되는 대상과 항상 일정한 거리를 유지하고 있다는 점을 염두에 두어야 한다.

무대조명 시점

반면, 작중의 주요 사건을 비롯해 그 사건의 전후 사정을 화자의 자리에서 두루 설명하면서 논평을 가하거나 주석을 다는 소설도 있다.

뒷사람들이 그에게 붙인 여러 호칭 중에 민중 시인이란 게 있다. 그것이 그의 시 전체의 특성을 다 묶을 수 있는 이름이라고는 하기 어렵겠지만 적어도 그의 한 시기를 특징짓는 이름이 될 수는 있을 것이다. 다복동을 다녀온 그가 주로 관서지방을 떠돌던, 시인으로서의 제2기가 바로 그러하다.

그 시기에 그는 이제 그전처럼 알음에 의지해 지방 수령에서 토호들에게만 의지하는 방식을 그만두고 온전한 관객으로 돌아갔다. 따라서 발길이 닿으면 여전히 그런 지방의 상류층에 의지할 때도 있었지만, 그가 더 자주 접촉하는 것은 서민층이 되었다.

그런 생활양식의 변화는 무엇보다도 그의 정서가 바뀐 데서 비롯됐다. 원명대가 그 정당성을 입증해준 홍경래의 대의는 그를 원죄의식에서 해방시켜 짓눌리고 뒤틀려 있던 그의 울분과 한을 공격적인 것으로 바꾸어놓았다. 곧 법과 제도 아래서는 죄인이지만 진실 쪽에서 보면 의인이 되는 할아버지는, 그 자손이라는 이유 하나 때문에 소외당한 그의 울분과 한을 의식 속의 한 권리로 만들어준 것이었다. 그는 그때부터 자신이 김익순의 손자임을 스스럼없이 밝혔다.

이문열, 『시인』, 1991

위 소설에서 화자는 뒷사람들에게 '민중 시인'으로 불리게 되는 주인공의 시인으로서의 단계 중에서 제2기를 이룬 시대적 상황과 개인적 심리 변화 등에 대해 거의 문학사가의 어투로 설명하고 있다. 이처럼 화자가 초점화자를 설정하지 않고 사건의 밖에서 논평을 하면서 주석을 다는 기능을 유지할 때 이를 '논평적 화자'라 할 수 있고, 그 시점을 기준해서는 '분석적 시점', '주석적 시점', 또는 연극에서 무대 위의 모든 상황을 일일이 설명해주는 변사의 역할을 한다 해서 '변사시점'이라 할 수도 있다.(아래

그림 참조)

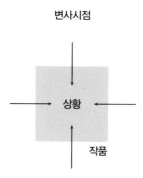

변사시점

상황

작품

　화자의 설정은 '소설을 기술한다'고 했을 때 그 기술 행위의 축을 세우는 것과 같다. 따라서 작가는 화자를 어떤 유형으로 설정할 것인지에 대해 거듭 고민하지 않으면 안 된다. 소설가는 자신의 소설에서 어떤 존재가 화자로 나서 있으며, 그 화자는 자신의 지위를 제대로 유지하고 있는가를 끊임없이 질문하고 그 지위를 확보해내야 한다.

아무것도 모르는 척,
모두 다 아는 척

제3부

어떻게 익힐 것인가

소리 내어 읽고 많이 고친 소설이
좋은 소설이다

부르기 쉬운 노래를 부르는데도 습관적으로 음정이나 박자가 잘 맞지 않는 사람이 있다. 그럼에도 웬만한 노력으로는 바로잡아지지 않는 사람을 우리는 음치라 할 수밖에 없다. 신기하게도 음치들은 대부분 스스로 음치라는 사실을 자각하지 못한다고 한다. 자기가 노래 부를 때 남들이 자꾸 웃고 또 선생님이나 어른들이 교정을 해주려는 걸 알고 그때서야 음치란 걸 깨닫는다고 한다. 깨닫고 나서도 실은 자기가 부르는 노래의 어떤 소절에서 음치 현상이 나타나는지 정확하게 알지 못하는 음치가 적지 않다고 한다.

한때 이런 음치에게 스스로 잘못된 음정을 교정하게 해주기 위해 양동이를 씌워 자기 노래를 부르고 듣게 하는 방법이 알려졌다. 자기가 부르는 노래를 녹음했다가 반복해서 들으며 표현이 잘 안 되는 음을 확인하게 하는 것과 이치는 같다. 이런 유의 음치 치료법을 청각 통합 훈련이라고 한다. 이 밖에도 발성법, 복식호흡법 같은 음치 치료법도 있고, 알파파 방석에 아로마향까지도 음치 치료에 도움이 된다고 한다. 요즘은 음치 치료를 해주는 모바일 서비스까지 나와 있다. 어쨌거나 음치가 노래를 제대로 부르는 수준이 되자면 스스로 어떤 지점에서 음치가 되는지를 알아차리고 그것을 집중적으로 고치는 과정이 필수적이다.

오늘 우리가 대상으로 삼은 사람은 글쓰기 중에서도 상당한 문장력을 요하는 소설 쓰기를 하려는 사람이니까 그들의 창작물에 지적받을 만한 어휘나 문장은 없어야겠는데, 실은 그게 아니다. 문제는 그 결점을 창작자 스스로도 잘 모르고 있거나 어렴풋이 알고 있더라도 정확하게 고칠 수 있을 정도로는 알고 있지 못하다는 점이다. 그것도 노래로 치면 명백한 음치에 해당할 만큼의 '치' 증세가 있는데도 그걸 고치지 못하는 경우가 대부분이다. 여기에서, '그런 '치'인 사람이 어떻게 소설을 쓰겠다는 거지? 하고 질문하는 사람도 있을 것이다. 옛날 같으면 그 질문은 아주 당연했다. 그런 사람은 어차피 소설 쓰는 일을 포기하고 말았으니까.

인터넷 시대의 소설 쓰기는 전과는 다른 장면을 보여준다. 마치 노래방에서 마이크를 잡은 사람이 한순간 스스로 가수가 된 듯한 느낌으로 노래를 부르듯, 컴퓨터로 글을 쓰는 사람 역시 자기가 쓰는 소설이 멋진 작품이라는 기대와 환상에 젖어 있는 예로 만연해 있다. 어휘 구사도 부정확하고 구문의 형식도 갖춰지지 않은 문장으로 말이다. 옛날에는 좋은 작품을 많이 읽고 웬만큼 축적된 바탕에서 소설을 썼지만, 지금은 그런 축적 없이도 누구나 쉽게 소설 쓰기에 임한다. 사실 소설 쓰기 말고도 전문성을 요하는 것이 많은 이즈음의 글쓰기 세태는 읽고 쓴다기보다 '쓰면서 쓰는' 것이 대세가 되어 있다. 소설 쓰기도 예외가 아니다.

이제 사람들은 충분히 공부하고 나서 글을 쓰지 않는다. 모니터 앞에서 바로 글쓰기를 시작해서 필요할 때마다 인터넷에 접속해서 정보와 지식을 축적해가며 글을 쓴다. 글 잘 쓰는 것에 대해 두려움을 갖기는 하지만 전에 없이 이런저런 글을 많이 쓰고 있고 그렇게 글을 써가면서 그 글을 위한 공부를 하고 있다. 전문가와 비전문가의 구분도 그만큼 희박해졌다. 소설 쓰기라고 예외일 리 없다.

오늘날의 소설 쓰기는 전문가의 자질이 없어 보이는 사람들도 시도하는 예가 많다. 그들에게 전문성을 갖춘 뒤에 시작하라고 요구할 수는 없다. 지금은 바야흐로 너도나도 전문적인 글을 쓰고 있는 시대이며, 어쩌면 소설 또한 마찬가지여서 누구나 의욕만 있으면 쓴다. 바로 그렇기 때문에 의외로 많은 '치'가 생겨나 있다. 그 '치'를 빨리 깨달아야 그것에서 벗어날 수 있다. 노래방에서 아무나 마이크를 잡고 노래를 부르다 보니 음치들이 드러나고 자신이 음치임을 깨달은 이들이 그걸 고치려 애쓰게 되면서 '음치 클리닉' 또한 호황을 누리는 산업이 되었다. 소설쓰기의 '치'의 치료도 호황을 누릴 산업의 하나가 되지 않을까 싶다.

소설을 쓰는 사람에게 당신도 글쓰기의 '치'일 가능성이 있으니 그걸 깨달아서 치료하자고 하면 매우 자존심이 상할 것이다. 그러나 다시 말하거니와 지금은 누구도 자신도 모르는 사이에 글을 쓰고 있고, 소설 쓰기도 그런 차원의 연장선에서 임하는 사람이 아주 많다. 그들 중에는 물론 타고난 재능이 만만치 않고 스스로 연마해서 수준 있는 소설을 쓰게 되는 사람도 있을 것이다. 그러나 '치' 또한 만만치 않다. 그들 '치'들은 빨리 자신이 '치'라는 사실을 깨달아야 한다. 쓰고 싶어서 쓰겠다는 사람을 누가 어쩌겠는가. 쓰고 싶어서 쓰기 시작한 그 사람들이 스스로 글쓰기의 '치' 증세를 확인케 하는 가르침은 이것이다.

— 네가 쓰는 소설을 네 귀로 들어보라.

자신이 쓰고 있는 소설을 자신이 소리로 듣는 방법은 간단하다. 앞서 음치 클리닉 얘기에서 말한 대로 자신이 소리를 내어 읽으면 된다. 벌써 상당한 길이를 썼을 때라면 실제 녹음기에 녹음을 해서 청취해봐도 좋다. 듣기에 불편한 문장은 어딘가에 모순이 생겨 있다. 소리를 내어서 읽고 듣다 보면 그렇게 잘못 쓰인 대목을 아주 쉽게 깨달을 수 있다.

양동이를 뒤집어쓴 음치가 자신이 부르고 있는 노래의 결점을 짚어내 고치려고 애쓰는 정성으로, 소설 쓰기에 임하는 사람들은 자신이 지금 창작하고 있는 소설을 자주 되풀이해서 소리 내 읽어봄으로써 부자연스런 어휘나 구절을 찾아내고 그 대목부터 집중해서 고쳐나가야 한다. 이 방법은 시창작의 경우라면 아주 큰 효과를 볼 수 있는데, 소설의 경우도 그 효과는 만만찮다. 낱말과 어휘의 쓸데없는 반복이나 '그리고'·'그러나'·'그러므로' 같은 접속부사의 잦은 사용 등을 줄일 수 있고 나아가 문장의 호응관계의 부조화나 사건 전개상 어울리지 않는 표현 정도까지 손쉽게 고칠 수 있다.

한편, 습작생으로서 자기 작품을 소리 내어 읽는 일로 결점을 빨리 파악하고 그것을 수정하는 일만큼이나 중요하게 여겨야 할 것이 있다. 바로 다른 사람의 작품을 읽으면서 자신이 부족한 것을 수혈하는 일이다. 흔히 작품 읽기를 그 작품이 담고 있는 정보를 얻고 이해하는 차원으로서만 만족하기가 보통인데, 창작자는 그 이상으로 그 작품이 내재하고 있는 내적 질서를 체득하는 과정으로 삼아야 한다. 가령 소설에 비해 언어적 표현 형식에 대한 배려가 훨씬 큰 시 장르의 경우 그것을 소리 내어 읽어보지 않고 그 형태적 질서를 이해하기란 쉽지 않다. 습작기의 창작자들은 특히 시를 많이 읽어야 하고, 그것도 습관처럼 소리 내어 읽을 필요가 있다. 그러다가 많은 시를 외울 수 있는 경시가 되면 더할 나위 없이 좋겠다.

"시의 암송은 동양에서나 서양에서나 인문교육에서 중요 훈련 중의 하나"(유종호, 「어떻게 쓸 것인가」)였다. 그리고 "유럽의 많은 나라들이 국어교육 과정에서 강조하고 있는 것이 시 읽기와 시 암송이다. 그것은 모국어의 음성학적 아름다움에 대한 훈련과 더불어 의미론적 훈련을 동시에 가능하게 한다"(김주연, 「시와 국어교육」). 그런데 우리 시대의 교육계에서는 그런 유의 설명을 한 예가 별로 없는 듯 느껴진다. 집에서 들려오는 아이들의 책 읽는 소리만큼 청아한 소리가 어디 있을까 싶은데, 요즈음은 도무지 집에서 책을 소리 내어 읽는 아이들이 드물다. 시에서만큼은 아니지만 소설의 경우도 언어의 운율적인 측면을 고려하지 않은 문장이 이어진다면 그 성취가 높은 글이 될 수 없다.

물론 현대소설은 작품을 관통하는 서술상황을 이해하는 과정이 중요해서 소리를 내어서 읽어가는 장르로는 이미 불편해져 있다. 그래서 작품 전체를 통틀어 소리 내어 읽기보다는 독서하는 동안 특히 특징적이거나 인상 깊은 대목을 되풀이해 읽어서 소설적 언어의 쓰임이 몸에 배게 할 정도로도 좋다.

작가라면 누구나 자기 문장에 유려함이랄까 유연성을 주고 싶어 하는데, 산문에서 정형성이나 음수율을 적용하면 문장이 유려해집니

제3부
어떻게 익힐 것인가

다. 내 문장에서 유려하다 싶은 곳을 행갈이하면 산문시가 되거나 정형시가 나오지요. 우리에게 익숙한 음수율로 우선 흔한 게 3 · 4조나 7 · 5조 정도이고, 기분에 따라서는 12 · 8조도 반복하면 작은 노력으로 쉽게 효과를 볼 수가 있습니다.

위의 인용문은 소설을 쓸 때 문장이 유려해지도록 창작과정에서 의도적으로 운율성에 대해 배려하고 있었다는 한 작가의 고백이다. 그 작가는 1980년대 이후 20년이 넘도록 소설 작단의 최전선에 서 있어온 이문열이다. 그가 한 문학잡지 창간호에서 마련한 후배 작가와의 인터뷰에서 자신의 창작 비밀을 밝힌 내용이다[*]. 그의 작품이 많은 독자들의 사랑을 받은 데는 유려한 문체가 큰 몫을 했다는 세평이 있고 보면 위의 고백은 경청할 만한 것이 아닐 수 없다.

글을 읽히게 하는 힘은 내용과 짜임새에서뿐 아니라 문장의 흐름과 각 문장에 내재된 운율에서도 얻어진다는 사실을 깊이 있게 인식하자. 누구보다 언어에 민감해야 할 작가가 그 같은 사실을 망각해서는 곤란하지 않겠는가. 운율에 대한 고려는 작

---

* 이순원, 「작가를 찾아서 ─ 이문열 무엇을 생각하고 있나」, 『작가세계』 1989 여름.

가 이문열만의 습관이나 전략일 수가 없는 것이다. 크게든 작게든 작가는 소설을 쓰면서 언어의 운율적인 측면을 고려하지 않을 수 없다. 특정 작품에서 운율감이 두드러진 문장을 구사할 수도 있겠고, 또 한 작품 안에서도 특별히 운율감이 느껴지도록 애쓴 대목도 있을 것이다. 그렇게 작품에 내재된 운율을 몸에 익히는 데는 그 작품을 소리 내어서 읽는 일이 무엇보다 효과적이라는 얘기다.

시인이 길을 간다. 사람의 자취 끊어진 그윽한 산길을 시인이 훠얼훠얼 간다. 바람이 불 때는 바람에 밀리듯이, 구름이 흐를 때는 구름 따라 흐르듯이. 들꽃을 만나면 들꽃 찾아 나선 듯이, 산새가 울면 산새에 불려온 듯이.

이문열이 「시인과 도둑」(1991)의 첫머리에 마치 시 구절을 쓰듯 풀어놓은 이 같은 문장은 그냥 눈으로 보기보다는 입으로 소리를 내어서 읽을 때 그 분위기에 젖어들기가 더욱 쉽지 않겠는가.

남의 작품 사이에
내 자리를 만들어라

자신이 읽고 있는 작품이 어떤 내용, 어떤 의미
인가 생각해보는 일은 독서의 당연한 수순이다. 문학을 학문적
으로 공부하고자 하는 사람은 물론 창작을 하고자 하는 사람도
남의 작품을 잘 이해하고 식별할 수 있는 능력을 키우지 않으면
안 된다. 그러자면 우선은 부지런한 책 읽기를 통해 자신의 생각
과 판단을 정리해나가야 하고, 그러는 동안에 조금씩 그 작품에
대한 다른 사람의 평가에 대해서도 귀를 기울여야 한다.

작품은 제대로 읽지 않고 그 해석만 외워서 시험에 임하는 식
의 책 읽기를 경계하느라 아예 남들이 해놓은 작품 평가에 무심
해서는 곤란하다. 남의 작품을 이해하고 평가하는 자신의 이해
력과 감식력은 다른 사람의 그것들과 견주는 과정을 통하지 않
고서는 향상되기 힘들다. 남의 작품을 객관적으로 보는 안목을

키워야 자기 작품도 객관적으로 볼 수 있는 힘이 생겨난다. 이 점은 작품을 쓰면서 남의 작품을 읽는 일을 중시하는 것과 같다. 이때 보통의 작품집 뒤에 실려 있는 해설문은 좋은 공부 자료가 된다. 소설보다 해설이 더 어렵다는 말로 딱딱한 해설 읽기의 어려움을 호소하는 독자들이 많기는 하다. 또한 전문가의 해설만이 바람직한 독법에 의한 것이라고 말할 수는 없다. 그러나 독자로서 작품을 읽고 나서 자신의 이해력을 검증받는 데는 해설보다 간편한 것이 없다고 할 수 있다.

최근 작품을 읽으면서 그 작품을 이해하고 평가하는 것도 도움이 크다. 그 작품이 문학사적 흐름이나 가름에서 차지하고 있는 지점을 보다 능동적으로 정리하면서 소설사의 계보를 따져볼 필요도 있다. 흔히 평단이나 문학사가들이 분류하는 방식을 흉내 내 분단소설 유형이니, 페미니즘 소설이니, 환경 주제 소설이니 하는 식으로 계보를 만들어보아도 좋고, 아니면 자기 나름대로의 분류 방법을 만들어서 살펴도 좋다.

이는 동시대의 문학적 유행을 알아보려는 뜻에서가 아니라 나름대로 자신의 작품이 서 있는 위치 또는 지향해야 할 방향을 확보하려는 목적에서이다. 창작실기론을 핵심 과목으로 삼고 있는 문예창작과에서도 동시대 문학의 흐름과 전망을 논하는 이론 과목 또한 넓은 의미의 실기교육으로 이해할 필요가 있다. 문학의 동시대적 위치를 파악하고 미래를 전망하는 자세는 창작하는 사람도 당연히 갖추어야 할 일이고, 그러는 가운데 자신의 창작 방향을 한결 수준 높은 차원에서 설정할 수 있다.

20세기 후반 한국 소설은 이전 소설에 비해 그 주제성에서 개인화되고 미시화되었다는 평가가 있었다. 그런 중에도 주도적으로 나타난 뚜렷한 계보의 하나가 '페미니즘 경향'이다. 이 경향은 2000년대 들어 가부장제에 대한 반성과 비판을 넘어 성 평등 문제, 소수자 인권 문제, 생태 환경 문제 등 다양한 주제로 확산되었다. 이제 이 연장선상에서 자신의 주제를 더 깊이 밀고 나갈 수 있다. 예를 들어 동성애자 · 외국인 근로자 · 탈북자 · 혼혈인 · 독거 고령 노인 · 결혼 이주 여성 · 입양아 등 기존의 가치와 제도에서는 불평등한 대우를 받을 수밖에 없는 사람들의 삶을 다루어 이 시대의 변화를 수용하는 작품 같은 것이 가능할 것이다.

한편 작가에게는 축적된 체험과 지식이 무엇보다 중요하다는 사실에 대해서도 재고가 필요하다. 작품을 쓸 때 중요한 것은 그 체험과 지식이 얼마나 직접적으로 활용되는가에 있을 것이다. 여기에서 강조될 것은 소설가는 자신의 체험과 지식을 포함하여 다른 사람의 그것들이라도 자신의 것으로 가져올 수 있는 통로를 다각적으로 마련하고 있어야 한다는 사실이다.

아무리 지식수준이 높아도 책상에 놓인 국어사전만큼 명료하게 자기 지식을 드러내기도 쉽지 않고, 아무리 체험이 풍성해도 일간 신문이나 월간 잡지만큼 다양할 수 없기가 보통일 것이다. 개념이 분명치 않은 어떤 명칭이나 원리, 잘 파악할 수 없는 사물의 움직임 등에 대해서는 가까운 곳에 놓인 신문이나 잡지, 백과사전들의 요긴함을 알고 있어야 한다. 특히 신문기사는 사실상 소설의 보고(寶庫)라고 말할 수 있다. 소설이 원래 세태의 변화를 가장 직접적으로 반영하는 문학 장르라고도 볼 수 있는데, 그 세태의 변화를 가장 발 빠르게 보여주는 것이 신문기사이다. 일명 '정보의 바다'로 불리는 인터넷을 통하면 이제 세상에 공용화되지 않는 지식과 정보는 아무것도 없고, 따라서 소설가는 참으로 손쉽게 무수한 정보를 내 것으로 만들 수 있다.

작가는 또한 이미 제작된 기성품을 활용해 새로운 예술을 낳는 이른바 '기술복제 시대'에 대한 인식도 필요하다. 백남준은 기계로 제작된 비디오를 재배치하면서 '비디오 아트'라는 또 하나의 예술세계를 열어보였다. 또한 오늘날 영상문화 시대를 맞아 각광받는 영화도 장르 이동에 관한 한 무수히 많은 선례를 남긴 바 있다.

2000년대 들어서만 하더라도 만화를 기본 콘텐츠로 활용한 박찬욱 감독의 〈올드보이〉(2003), 봉준호 감독의 〈설국열차〉(2013) 등의 영화, 이청준의 소설 「선학동 나그네」(1979)를 원작으로 한 임권택 감독의 영화 〈천년학〉(2006), 역시 이청준의 소설 「벌레 이야기」(1985)를 원작으로 한 이창동 감독의 영화 〈밀양〉(2007) 등이

국제적인 영화제에서 큰 상으로 인정받은 작품이다. 이준익 감독의 영화 〈왕의 남자〉(2005)는 원작이 연극 〈이(爾)〉(2000)였다. 바야흐로 표현된 모든 것이 다른 작품의 원작이 될 수 있는 시대이다. 황순원, 김동리, 이병주, 김원일, 박완서, 김주영, 조해일, 황석영, 최인호 등의 다수 소설들이 TV문학관의 드라마로 옮겨간 사례는 이제는 얘깃거리조차 되지 않을 정도가 되었다.

소설창작에서 기존 문학작품을 재해석하고 새로운 형태로 발전시킨 것으로 큰 효과를 얻은 예 또한 많다. 일찍이 1930년대 박태원의 「소설가 구보씨의 일일」(1934)을 1960년대적 상황으로 옮겨간 최인훈의 「소설가 구보씨의 일일」을 비롯해서, 곽재구의 시 「사평역에서」(1981)를 소설적 공간으로 확장시킨 임철우의 「사평역」(1983) 등이 좋은 예가 되겠다. 또는 옛 소설 「허생전」을 페미니즘의 관점에서 비판적으로 패러디한 이남희의 「허생의 처」(2002), 카프카의 「변신」(1916)에서 벌레로 변한 주인공을 떠올리며 한 인간이 벌레 같은 상황이 될 수밖에 없었던 한 시절을 추억하고 있는 김영현의 「벌레」(1989), 이효석의 「메밀꽃 필 무렵」의 허생원과 나귀와의 관계를 매개로 삼아 노새를 몰던 양아버지(당숙)를 떠올리고 있는 이순원의 「말을 찾아서」(1996) 같은 작품이 좋은 예이다.

이와 같은 현상은 20세기 말부터 새로운 세기에 접어드는 동안 더욱 두드러졌다. 박덕규의 첫 소설집 『날아라 거북이!』(1996)

에 게재된 단편 대부분은 한국 현대문학 작품이나 그 작품의 주인공들을 직접적인 소재로 다루고 있다. "헤밍웨이의 소설「킬리만자로의 눈」을 읽고 있었다"로 시작되는 김영하의 「바람이 분다」(1999)는 헤밍웨이의 소설 「킬리만자로의 눈」(1936)의 스토리와 문장을 모티브로 한 소설이다. 윤영수의 소설집 『자린고비의 죽음을 애도함』(1998)에 게재된 소설은 모두 '혹부리 영감'이나 '선녀와 나무꾼' 등의 전래 민담을 차용한 패러디 소설이다. 하성란의 「푸른 수염의 첫 번째 아내」(2002)는 프랑스 동화작가 샤를 페로의 동화 「푸른 수염」(1695)을 모티브로 하고 있다. 박상우의 「내 마음의 옥탑방」(1998)은 그리스 시지포스 왕의 신화를 원용하고 있고, 구효서의 「소금 가마니」(2005)는 철학자 키르케고르의 저서 『공포와 전율』(1843)의 문장을 수시로 인용하면서 전개된다. 박정규의 소설집 『당신은 왜 그렇게 멀리 달아났습니까?』(2013)에 수록된 9편은 각각 기성의 그림 · 조각 · 시 · 소설 등에서 이미지를 차용하고 있다.

이런 추세를 감안해서 습작과정에서부터 기성 작가의 작품을 활용해서 창작을 해볼 수도 있겠다. 예를 들어, 우화 「개미와 베짱이」를 활용해 서머싯 몸은 짧은 소설 「개미와 베짱이」를 썼다. 이 두 편을 활용한 또 다른 소설 「개미와 베짱이」를 써보자. 기성 작품의 결말 부분을 첫머리에 두는 새로운 소설 쓰기, 기성 소설의 부인물(副人物)을 주인물로 바꾸어 소설 쓰기, 소설 스토리의 후일담을 구상해 소설로 쓰기 등등 여러 유형의 소설창작이 가능하고 실제로 많은 소설창작 강의실에서 이와 같은 방법으로 습작이 유도되고 있다.

김용택의 「그 여자네 집」을 모티브로 한 박완서의 단편소설 「그 여자네 집」(2006)을 또 다른 작품으로 이어갈 수 있을 것이고, 정채봉의 동화 「오세암」(1984)과 그것을 극화한 애니메이션 〈오세암〉을 함께 보고 새로운 소설 「오세암」을 쓸 수도 있다. 무수한 작가들이 앞서 표현된 작품을 활용해 새로운 작품을 만들어왔으니, 그 대열에 이름을 올리지 못하리란 법은 없다. 단, 남의 작품을 활용해 내 작품을 쓰는 일이 결과적으로 원래의 작품의 가치를 훼손시키는 일이 될 수도 있고, 때로는 뜻하지 않은 표절 행위가 될 수도 있으므로 특별히 유의해야 한다.

모방하고 베끼면서
인류 역사가 이어졌다

책을 읽으면서 인상 깊은 대목에 밑줄을 긋는다거나 그 대목을 베껴둔다거나 해본 적이 있을 것이다. 창작을 하려는 사람들에게 이런 일은 필수 작업이라 할 수 있다. 나아가 계획적이고 집중적인 필사(筆寫)로 창작에 상당한 도움을 얻을 수 있다.

무엇보다 초보 습작생의 경우 대개는 문장의 반복적인 패턴이나 어휘의 제한이 문제되는데 이는 필사로 쉽게 고칠 수 있다. 감각적인 묘사에 서툴다거나 논리적 진술 문장을 구사하기 힘들다거나 할 때도 기성 작품에서 그런 대목을 찾아 집중적으로 필사하면 효과를 볼 수 있다. 마찬가지로 자신이 쓰고 있는 문장이 버릇처럼 너무 길어지거나 아니면 그 반대이거나 할 때, 그 버릇을 고치는 데도 다른 작품을 보고 필사하는 과정이 요긴하다.

그 다음 중요한 것이 문장 간의 호응관계이다. 초보를 벗어난 수준의 습작생도 몇 개의 문장이 이어지면서 나타나게 되는 부자연스러움을 감당하기 어려울 때가 많다. 이런 경우도 해당 예를 기반으로 특징적인 대목을 필사하는 과정을 통해 극복해낼 수 있다. 이처럼 필사의 중요함을 믿고 실행에 옮기는 사람은 의외로 많다. 창작 강의실을 운영하는 어떤 작가는 아예 명단편 다섯 편 이상을 필사한 사람이 아니면 습작 소설을 내밀 기회조차 주지 않고 있었다.

1) 「강(江)」을 시작으로 나는 그 여름을 내 노트에 선배들의 소설을 옮겨 적는 일을 하며 지냈다. 최인훈의 「웃음소리」, 김승옥의 「무진기행」, 이제하의 「태평양」, 오정희의 「중국인 거리」, 이청준의 「눈길」, 윤흥길의 「장마」, 최창학의 「창(槍)」, 강호무의 「화류항사」……

그냥 눈으로 읽을 때와 한 자 한 자 노트에 옮겨 적어볼 때와 그 소설들의 느낌은 달랐다. 소설 밑바닥으로 흐르고 있는 양감을 훨씬 세밀히 느낄 수가 있었다. 그 부조리들, 그 절망감들, 그 미학들.

필사를 하면서 나는 처음으로 이게 아닌데, 라는 생각에서 벗어날 수 있었다. 이것이다. 나는 이 길로 가리라. 필사를 하는 동안의 그 황홀함은 내가 살면서 무슨 일을 할 것인가를 각인시켜준 독특한 체험이었다. 방학이 끝났을 때 필사를 한 노트는 몇 권이 되었고, 그 노트들을 마치 내가 쓴 작품인 양 가방에 넣고 서울에 돌아왔다.

2) 나의 이십대의 얼마간은 오정희로 인해 유지되었다고 고백하려다가 참는다. 어쩌면 그건 나만이 아닐 것이다. 글쓰기에 꿈을 둔 나와 비슷한 연배들 중의 얼마간은 다들 그랬을 것이므로. 최루가스의 거리와 예술론의 강의실 어디에도 마음을 못 붙이고 선배작가들의 작품을 내 노트에 옮겨보는 일로 나의 회색을 참아냈던 시절, 가장 빈번하게 옮겨졌던 소설이 그의 작품들이었다. 강의실을 떠나 도서관의 문학실에서 전갈 같은 한때를 보낼 때도 옆엔 늘 오정희가 있었다. 그가 구사해내는 언어의 적확함은 마치 자석의 플러스처럼 의식 여기저기에 흩어져 있는 내성들을 불러들였다. 주술에 가까운 정교하고 치밀한 그의 문장들이 일구어낸 생(生)이 사그라들다 침묵이 되다 절망이 되다 결국은 미학의 정점을 향해 타오르는 걸 보며, 나는 은밀하게 이루어지고 부서져 가는 삶의 비밀들을 감지해나갔고, 그럼에도 '우리 가슴으로 흘러드는 한 조각의 빛'이 존재함도 믿게 되었다.

위의 글은 1)은 「필사(筆寫)로 보냈던 여름방학」, 2)는 「사로잡혀서 생의 바닥까지 내려가기」라는 글로 모두 작가 신경숙이 필사 경험을 담아 쓴 글*이다. 1)의 필사 대상은 서정인의 「강」을 비

* 신경숙, 『아름다운 그늘』, 문학동네, 2011.

롯한 1960~70년대 대표작가들의 작품이고, 2)의 필사 대상은 오정희의 작품들이다. 글로 옮겨 적는 것으로, 눈으로 읽을 때와 달리 글의 밑바닥을 흐르는 양감을 제대로 받아들일 수 있었고, 글이 담은 은밀한 비밀들을 알게 되었다는 고백이다. 작가 지망생은 '문학의 황홀감'을 자주 맛보아야 성장 속도가 빨라지는데 신경숙의 예에서 보면 '필사의 황홀감' 또한 문학적 성장의 필수 항목이 될 만하다.

한편, 필사가 좋은 방법이라 해서 기성 작품을 무작정 베끼는 연습만을 되풀이해서는 곤란하겠다. 명단편으로 인정받고 있는 소설을 정해 처음부터 끝까지 온전히 베끼는 일이 어떤 습작생에게는 투자하는 시간에 비해 효과는 적은 원시적인 훈련법이 될 수도 있다. 따라서 필사를 할 때도 요령이 필요하다. 특정 작품을 처음부터 끝까지 정성 들여 베끼는 것으로부터 시작해서, 특정 작가의 것을 집중적으로 베끼는 작업, 구성상에서 결정적인 부분을 베끼는 작업, 묘사력이 빛나거나 반대로 논리성이 두드러진 대목을 필사하는 작업, 문체의 특징을 살피면서 특징적인 서술 방법을 익히는 필사 등등 다양한 방법을 생각해볼 수 있다. 아울러 필사를 할 때 '만약 내가 지금 이 소설을 쓰고 있는 상태라면' 하는 가정을 한다면 더욱 좋을 것이다.

필사를 통한 문체 훈련에서 한 가지 조심해야 할 것은 습작생의 경우 자기 문체를 수립하는 일에 지나치게 조급해할 필요가 없다는 점이다. 신춘문예 공모를 비롯해 한 편의 단편소설만으로 등단이 결정되는 국내 등용제도에서는 심리 묘사가 두드러지고 상징적인 표현이 많은 소설을 선호하는 경향이 짙다. 그러다 보니 필사 대상작 역시 그런 유가 추천된다. 이 때문에 소설적 전개를 고려하지 않은 미문체(美文體)가 많은 작품에서 판에 박힌 듯이 유사하게 구사되는 관습이 생겨나 있다고 보여진다. 반면 호흡이 길고 중후한 분위기를 이끌 수 있는 유장한 문체를 훈련하는 사람은 줄어들었고, 그 때문에 거시적인 안목을 가진 작가의 출현을 기대하기 힘들게 된 게 아닌가 싶기도 하다.

복잡하고 다양해진 우리 삶의 현실을 탄력적으로 담아내려는 문체 훈련을 하지 않고 미문체만으로 자신의 소설 문법을 완성해 가려는 문학적 세태는 비판되어야 마땅하다. 미문체도 필사를 통해 특별히 연마해서 언제라도 발휘할 수 있도록 능숙해져야 한다. 그러나 그것만이 전부가 아니다. 소설에 쓰이는 문장은 매우 다양해야 하고, 또한 작가로서도 다양한 문체를 구사할 수 있어야 한다.

소설창작에서는 번역투나 현학적인 문장을 경계하라고 가르치는 일반적인 문장론 시간의 교훈에도 지나치게 얽매일 필요가 없다. 시의 전통이 강하고 소설 중에서는 단편소설을 소설교육의 모범으로 삼는 한국의 문학적 풍토에서 자칫 잘못하면 서정적이고 시적인 문체만이 옹호될 수 있다. 이 점, 앞에서 자신의

창작 비밀을 고백할 때 밝힌 이문열의 문체론을 이어 들어봄 직하다. 그는 자신의 '문장 기본형'을

1) 영어나 불어의 번역문과 같이 중문이나 복문 구조를 가지고 관계사를 많이 쓰는 문장
2) 한문 번역투의 문장
3) 얘기한다는 기분으로 조리 있게 적어나가는 구어형의 문장

등 세 가지 유형의 문장으로 구축했다고 고백하고 있다.

　베끼기가 창작 능력을 키우는 데 대단히 유효하다는 것은 지극히 실용적인 관점에서 하는 말이긴 하지만, 실은 인간이란 원래 이미 만들어진 것을 모방하면서 성장하고 발전해왔다는 점에 대해서도 생각해두자. 모두 아는 대로, 일찍이 아리스토텔레스는 인간이 예술이라는 특별한 세계를 창출하게 된 것이 모방본능 덕분이라고 말한 바 있다. 인간은 모방하면서 희열을 느끼고 또한 모방하면서 성장을 하게 되는데, 그 예는 인간이 새가 우는 걸 따라하면서 노래를 지어 부르고, 거미가 집 짓는 걸 보고 집이라는 건축물을 만들기 시작한 데서 찾을 수 있다. 인간은 자연의 소리와 동작을 흉내 내면서 춤과 음악을 창조하고 거기서 다시 연극과 소설과 시를 창조해낸 것이다.

　플라톤은 자신이 생각한 이상국가에서 문학이 추방되어야 한

다고 생각했는데, 이는 문학이 결코 조명할 가치가 없는 현실의 부정적인 면모까지 '베낌'으로써 선량하게 성장해야 할 미래의 지도자들의 정신을 오염시킨다는 믿음과 크게 관련이 있다. 이 또한 문학이 지닌 모방본능을 인정한 가설인 셈이다. 이후 이들 그리스 현학자들의 가설에서 가장 핵심적인 의미인 개념인 모방, 재현 등은 이후 서구 역사에서 '미메시스(mimesis)'라는 용어로 정리되어 왔다. 우리가 흔히 쓰고 있는 리얼리티(reality), 리얼리즘(realism) 등도 이와 같은 개념이라 할 수 있겠다. 모방하고 베낀 역사는 이렇게 유구하고, 어찌보면 문학과 예술이 아닌 다른 철학이나 과학도 이 역사와 다르다고 할 수 없을 것이다.

이러한 모방론적 관점은 문학과 예술의 역사에서 만만찮은 반론을 받아왔다. 그 내용을 여기서 두루 살필 시간은 없다. 다만 이 책에서 말하는 필사를 통한 창작 훈련법에 대한 두 가지 의문에 대해서는 답이 필요할 듯하다.

하나는 이 필사가 오늘날처럼 소설을 펜으로 쓰는 세대가 아닌 컴퓨터 자판으로 소설을 '찍는' 세대들에게도 여전히 유효한 방법일까 하는 의문에서 비롯된다. 펜으로 쓰는 세대는 좋은 소설을 펜으로 베끼는 일에서 얻은 유효한 느낌을 직접 펜으로 쓰면서 이어갈 수 있는 데 반해, 컴퓨터 세대들은 작가가 펜으로 쓸 때의 감정을 컴퓨터 자판을 두들기는 것으로 옮겨오면서 이미 놓쳐버리지 않았을까?

이 그럴 법한 의문 앞에서 '펜으로 쓴 소설은 펜으로 필사하고, 컴퓨터로 쓴 소설은 컴퓨터 자판으로 필사하면 되겠지'라는 우스갯소리로 답을 찾은 적도 있다. 실제의 결론은, 컴퓨터 자판으로 필사하되 타자 연습하듯 자판을 두들기는 일을 경계하고 정독하는 느낌을 유지하기만 하면 충분히 좋은 필사 경험이 된다는 것이었다.

'필사 훈련'의 유효성에 대한 또 하나의 의문은 미국의 소설창작 지도자인 피츠제럴드(J. Fitzgerald)와 메레디트(R. Meredith)가 제기한 바 있다.** 습작생이 유명 작가의 작품을 베끼는 과정에서 '문체 모방'의 습성이 커지고 마침내 창작적 능력이 없는 아류작가로만 성장할 우려가 크다는 것이다. 이 지적은 일리가 있다. 하지만 그것은 미국 문화에서는 아주 옳을지 모르지만, 한국 문화에서는 합당하지 않다고 생각한다.

영미권 사람들이 영어 알파벳을 사용해온 역사는 적어도 1000년 이상이다. 이에 반해 한국인들이 한글을 직접적으로 '쓰는' 언어로 사용한 세월은 100년 정도라고 말할 수 있다. 그러나 그 100년 중에는 일제강점기 때 우리말과 글을 마음대로 못 쓴 세월도 있었다. 한문투의 문장을 채 벗어나기도 전에 일제식 표현이

** J. 피츠제럴드 · R. 메레디트, 김경화 옮김, 『소설작법』, 청하, 1982.

우리글을 훼손한 것이다. 그런 점에서 진정한 의미의 우리글 쓰기 전통이 확립된 것은 해방 이후 한글을 배워 쓰기 시작한 세대부터라고 볼 수도 있다. 알파벳 문자의 표현에 뿌리 깊은 전통을 얹어온 미국이나 유럽의 글쓰기와 우리의 우리글 쓰기는 그 맥락이 다르다고 볼 수밖에 없다. 우리 한국인들은 무엇보다 한글을 집중적으로 '잘 쓰는 훈련'을 해야 오랜 세월 자기 언어 쓰기를 습관화해 온 민족 못지않게 글을 잘 쓸 수 있다.

이 말은 소설가 지망생들이 '빨리 소설을 잘 쓰기 위해' 반드시 소설 필사 훈련을 해야 한다는 뜻에만 머무는 말이 아니다. 우리는 문학을 비롯해 많은 분야에서 우리글을 잘 쓰는 법을 익혀야 할 민족이다. 이때 좋은 작품, 좋은 글에 대한 필사 훈련의 효과가 무엇보다 높다는 것이다. 소설을 잘 써보자는 사람은 남이 잘 써놓은 소설을 필사할 때 가장 빨리 소설가다운 성장을 할 수 있다.

그림이 먼저냐
글이 먼저냐

복잡한 사연을 현재적 시간대에 제한해 담아낸다 해도 그 스토리가 구체적인 실감을 주지 못하면 독자는 긴장감을 유지하기 힘들다. 우리가 생각하는 소설은 무엇보다 '그럴듯해 보이는' 느낌을 주지 못하면 호응을 얻지 못한다. 소위 리얼리티가 느껴지지 않는 서사물을 소설작품으로 읽어내기란 쉽지 않다. 소설의 상황은 우리가 겪어보거나 상상할 수 있는 구체적 실감과 더불어 전개될 때 호응을 얻는다. 소설에서 그런 구체적 실감을 가능하게 만드는 요인은 여러 가지다.

그중에서 많은 습작생들이 놓치고 있는 것이 작중인물들이 사건을 빚어내는 구체적 공간에 대한 인식이다. 「소나기」는 1950년대 시골 마을의 들과 산, 개울 위에서 일어나는 사건이고, 「무진기행」은 안개가 많이 끼는 음습한 바닷가 도시를 무대로 스토리가 펼쳐진다. 「삼포 가는 길」은 눈 내린 헐벗은 산길에서, 「메밀꽃 필 무렵」은 호사스런 달빛을 받으며 메밀꽃이 흐드러지게 피어 있는 밤길에서 이야기가 펼쳐진다. 「어둠의 혼」(1973)은 해방 직후 시골 소도시의 장터를, 「풍금이 있던 자리」는 순박한 농경 정서를 품고 있는 고향 집을 주 배경으로 한다. 이런 공간이 소설에 얼마만한 구체성을 불어넣어 주는지는 더 말하지 않아도 잘 알 것이다.

그런데 오늘날 도시에 살면서 카페에서 친구를 만나고 주점에서 술을 마시고 노트북으로 게임을 즐기고 스마트폰으로 영화나 웹툰을 보는 시대에 글쓰기를 배워서 소설을 쓰는 사람들의 소설 공간은 당연히 카페, 주점, 피시방, 백화점, 영화관, 번화가 등이지만 도무지 구체적인 실감이 느껴지지 않는 경우가 많다. 더 분석해봐야겠지만, 이는 도시에서 성장한 사람이 농촌을 비롯한 시골에서 태어난 사람에 비해 사물에 대한 관찰력이 확연히 떨어지는 사례와 일치하는 현상이라고 볼 수 있을 것 같다.

더구나 습작생들은 드라마의 영향을 받아서 그런지 서술을 하면서 사물의 모양새나 움직임을 머릿속으로만 떠올렸지 정작 그걸 직접 글로 묘사해내는 데는 대단히 소홀하거나 쉽게 능력 부족을 드러낸다. 그만큼 문장력 훈련이 덜된 탓일 수도 있겠는데, 중요한 것은 모름지기 작가라면 작중의 공간적 배경을 구체적으로 설정하고 적절하게 그려내야 한다는 의무를 잊지 말아야 한다는 사실이다. 가령 다음과 같은 장면이 있다.

　마을 동구 앞에는 조갑지 같은 초가 세 채가 신작로를 가운데로 하여 따로 떨어져 있었다. 한 채는 눈깔사탕이며 엿과 성냥을 팔던 송방(松房)으로 불리운 구멍가게였고, 주인은 술장수 퇴물인 채씨 부부였다. 그 맞은편 집은 사철 풀무질이 바쁘던 원애꾸네 대장간이었으며, 그 옆으로 저만치 물러나 있던, 대낮에도 볕살이 추녀 끝에서만 맴돌다가 어둡던 옴팡집은 장중철이네가 차린 주막이었다. 부엌은 도가 술에 물 타서 느루 팔던 술청이었고, 손바닥만 하던 명색 마당 귀퉁이는 이발 기계와 면도 하나도 깎고 도스리던, 장에 가는 장꾼들만 바라보던 무허가 노천 이발소였다. 주막과 대장간 어중간에는 사철 시커멓게 그을린 드럼통 솥이 걸리어 있어, 장날마다 싸잡이 나무를 때어 끓이면서 장으로 들어가는 옷가지나 바랜 이불잇 따위를 염색하던 검정 염색터가 전봇대 밑에 웅크리고 있게 마련이었다.

　그러나 이제는 어느 한 가지라도 그전 그 모습대로 남아 있지 않았다. 송방은 헐고 새로 이은 밝고 시원한 이발소로 변해 처마에 '관촌이발관'이라는 문짝만 한 간판이 올라 있었고, 원애꾸네 대장간 자리에도 붉은 기와의 오죽잖은 블록집이 대신 들어서 있는데, 아마 국민학교 선생이나 군청 계장쯤 된 사람이 지어 사는 살림집인 것 같았다. 장중철이네 움막도 지붕을 슬레이트로 개량했고, 판자 울타리는 시퍼런 페인트를 발랐던 시늉만 낸 채로 '반공방첩' 표찰과 분식 장려 담화문이 붙어 있었으며, 곁들여 인두판만큼 기름하고 좁은 널빤지에 되다만 먹글씨로 '천일양조장 제13구역 탁주 위탁 판매소'라는 상호를 내걸고 있었다. 이발관 유리창을 뚫고 나온 난로 함석 연통에서는 보얀 연탄가스가 끓는 소댕에 김 서리듯 부실거렸고, 낯선 얼굴 두엇이 무심찮은 눈으로 나를 살펴보며 서성거리고 있었으나, 내가 알아볼 만한 얼굴은 단 한 사람도 눈에 띄지 않았다. 온 동네를 바깥마당으로 여기며 18년 동안이나 산 토박이가 이토록 나그네 같은 서툰 몸짓밖에 취할 수 없단 말인가. 진실로 슬픈 일이었다.

이문구의 『관촌수필』 연작 제1편에 해당하는 「일락서산(一落西山)」(1972)의 전반부 어느 한 대목이다. 이 소설은 작가의 실제 고향인 관촌[갈머리]이 산업화 바람에 옛 모습을 찾을 수 없을 만큼 변해버린 데 대한 안타까움을 주조로 한 자전적 소설로 알려져 있다. 작가가 실제로 "온 동네를 바깥마당으로 여기며 18년 동안이나" 살았던 곳이라 "마을 동구 앞 조갑지 같은 초가 세 채"가 서 있는 모습을 얼마든지 글로 묘사할 수 있었을 것이다. 또 그 초가 세 채가 서 있던 때의 "어느 한 가지도 그전 그 모습대로 남아 있지 않은" 지금의 그곳 또한 실재하는 공간이므로 있는 그대로 묘사하는 글 형식으로 구현할 수 있었을 것이다.

그러나 만일 이러한 공간이 과거에 실재하지 않았고 지금도 실재하지 않는 공간이라면 아마도 작가는 훨씬 더 치밀한 묘사력을 발휘해야만 할 것이다. 당연히 문장력도 뒷받침되어야 한다. 여기서 소설의 주요 상황을 나름대로 구체적으로 실감 나게 묘사해내려면, 그 공간을 실제로 그림으로 그려놓고 그 그림 위에 등장인물과 관련 사물들을 배치시킨 상태에서 소설을 쓰는 방법이 효과적이라는 사실을 말해둔다. 이는 마치 연극이나 영화를 연출하는 사람이 미리 콘티를 짜둔 상태에서 배우의 연기와 장비의 이동 등을 지휘하는 것과 같은 이치다. 콘티 없이도 연극이나 영화가 못 만들어질 리 없다. 어떤 영화감독은 콘티를 미리 만들어두지 않음으로써 당초 계획한 것 이상의 어떤 장면을 담아내기도 한다. 그러나 그건 독보적인 프로의 세계에서 어쩌다 가능한 일이지 대부분의 연출자들은 콘티가 본격적인 연출의 기본임을 잘 알고 있고 어김없이 콘티를 들고 촬영에 임한다.

소설 습작생도 이런 콘티 같은 것을 마련하는 것이 좋다. 전체적인 구도를 짜고 너덧 개의 이야기 덩어리를 나누고 거기에 맞게 시제를 설정하고 분량을 배분하는 등의 소설 집필 계획서 같은 것 말이다. 그중에서 주요 무대가 되는 공간에 대해서는 낯선 곳에 처음 가보는 사람을 위한 약도 이상 가는 상세도를 그려놓고 글을 써가는 편이 대단히 유효하다. 가령 위의 「일락서산」의 공간을 실제 그곳에 산 작가가 아닌 사람이 상상으로 묘사한다고 했을 때는 과연 "이발관 유리창을 뚫고 나온 난로 함석 연통에서는 보얀 연탄가스가 끓는 소댕에 김 서리듯 부실거렸고" 같은 표현이 가능할 수 있을지 의문이다.

내가 『장길산』을 쓰던 무렵에는 이를테면 옛적 장터의 모습이 그림
과 같이 머릿속에 떠오르지 않으면 시간이 얼마가 걸리든 집필을 시
작하지 않았고, 대강의 약도나 사람들의 움직임을 그려보기도 했다.
　독일 소설가 귄터 그라스는 원래 글을 쓰기 전에 화가였다. 그는
스스로 말하기를, 전에는 먼저 소설로 쓰고 나서 장면들을 그림으로
달리 표현해본다는데, 요즘에는 먼저 그림으로 그리고 나서 그에 걸
맞거나 아주 딴판인 글을 쓴다고 했다.

황석영, 「그림이 떠올라야 소설을 쓴다」[*]

『장길산』(1974~1984)은 조선 후기 장길산을 중심으로 한 광대패
들이 계급 사회의 한계를 극복하고 민중이 주인이 되는 유토피
아를 건설하려고 펼친 운동이 좌절되는 스토리를 담고 있는 대
하소설이다. 작가 황석영은 지나간 시대의 장터를 제대로 묘사
하기 위해 대강이나마 배경이 되는 곳의 약도와 사람들의 움직

---

[*] 황석영 소설의 주요 장면을 민정기가 그림으로 그려 그 그림을 전시회를 열었
고, 또 소설과 그림을 함께 책으로 냈다. 이 글은 이 책 작가의 말에 쓴 황석영의
글이다. 민정기 · 황석영, 「작가의 말」, 『장길산의 얼굴들』, 랜덤하우스중앙, 2004,
10~11쪽.

임을 그려놓고 머릿속으로 사람들이 많이 모여 움직이는 장터를 충분히 그려본 뒤에 창작에 임했다고 전하고 있다.

한편 김승옥의 「무진기행」에 나오는 '무진'은 실제로는 우리 나라에 없는 지명이지만 소설 속에서는 광주에서 10킬로미터 떨어져 있는 것으로 설정되어 있다. 그럼에도 이 소설에서 무진은 진짜 실재하는 어떤 해안 도시를 떠올리게 한다. 그만큼 작가의 공간에 대한 의식이 투철한 결과라 할 수 있다. 작가가 밝힌 바에 따르면 무진은 전남 순천과 순천만에 연해 있는 대대포 앞바다와 갯벌을 떠올려 재구성한 장소라 한다. 작가는 물론 이 도시를 머릿속으로만 설정해서 그려낼 수도 있었을 것이다. 그러나 습작하는 처지에 있는 사람이라면 등장인물이 행동하고 이동하는 주요 공간은 물론 나아가 새로 설정한 마을 등을 도면으로 나타내 그걸 보면서 글을 쓰는 것이 좋다.

느낌을
모양으로 드러내라

글쎄 말이지. 이번 앤 꽤 여러 날 앓는 걸 약두 변변히 못 써봤드군. 지금 같아서는 윤 초시네두 대가 끊긴 셈이지. ……그런데 참 이번 기집애는 어린것이 여간 잔망스럽지가 않어. 글쎄 죽기 전에 이런 말을 했다지 않어? 자기가 죽거든 자기 옷을 꼭 그대로 입혀서 묻어달라구…….

황순원의 단편소설 「소나기」의 마지막 대목에서 '자기 옷을 그대로 입혀서 묻어달라'는 '기집애'의 유언이 뜻하는 바를 짐작하지 못할 독자는 없을 것이다. 그 옷은, 그 소녀(기집애)가 개울가에서 알게 된 소년에게 업혀 소나기로 물이 분 개울물을 건널 때 입고 있던 것이다. 그 옷에는 빗물이 번진 자국이 그대로 남아 있다. 그러니까 옷을 입혀서 그대로 묻어달라고 한 말은 소년에 대한 사랑의 감정을 우회적으로 표현한 것이 된다. 그 사실을 눈치 채는 사람 역시 작중에서는 아버지가 하는 위의 대화를 엿듣게 된 소년뿐이다. 소녀의 소년에 대한 사랑의 감정도, 또 그것을 소녀가 죽은 뒤에야 비로소 제대로 알게 된 소년의 안타까움도 이 소설의 문면에 직접 드러나 있지 않다. 그러나 그 감정은, 소녀와 소년의 심리 상태를 구체적으로 진술한 것보다 훨씬 생생한 느낌으로 독자에게 전달된다. 문학작품은 이렇듯 어떤 감정이나 의미를 설명하거나 진술해서 알려주기보다 어떤 상황을 만들어 보여주면서 느끼게 해준다는 특징이 있다. 어떤 상황을 통해 정보 전달 이상의 느낌을 유발케 하는 그것, 이것이 흔히 말하는 '형상화(形象化)'이다.

즉, 문학작품에서 형상화는 사실에 대한 구체적인 내용 전달에서 얻어지는 것이 아니라 구체적인 느낌을 유발시키는 어떤 상황이 구축되는 것으로써 가능해진다. 그때 그 상황이 발생시키는 정서나 감각, 이미지 등은 독자에게는 그 작품의 줄거리를 이해하거나 주제를 파악하는 정도를 넘어서서 작품에 대한 공감과 나아가 감동까지 경험하게 한다. 궁극적으로 모든 좋은 문학작품은 이미 '형상화'된 것이다. 작가가 문학을 한다는 것은 그 형상화를 통해 독자에게 다가간다는 뜻이고, 독자가 문학작품에 공감했다는 것은 이 작품이 그만큼 형상화에 성공했다는 뜻이다. 소설이, 어떤 사람이 어떤 사실에 대해 경험하는 줄거리를 담은 이야기임에도 불구하고 그런 줄거리를 드러내기보다 줄거리 이상의 어떤 것, 줄거리 아닌 어떤 것, 때로는 그 줄거리조차 은폐하는 듯한 어떤 것을 드러내려고 애쓰게 되는 것도 이 형상화를 위해서이다.

가령 어떤 사람이 갑자기 절망을 느끼거나 갑갑한 심정에 처하게 되었다고 치자. 소설 속에서 그런 상태를 드러내는 표현은 어떤 형태로든 가능할 것이다. 우리의 작가들은 그런 상황에 대해 각각 자신의 소설에서 이렇게 표현하곤 했다.

- 갑자기 햇살이 한없는 무게를 가지고 우리들의 어깨 위에 내려 앉았다.(한수산, 「4월의 끝」)
- 나는 홀연히 떨기 시작한다.(김원일, 「어둠의 혼」)
- 나는 정신이 말짱하게 걷히는 듯한 느낌이었다.(조선작, 「영자의 전성시대」)
- 그만 그 자리에서 존재도 없이 사라지고 싶어지데요.(이혜경, 「젖은 골짜기」)
- 시들다 말라 죽은 나무가 떠오르고 잠깐 슬픔 비슷한 느낌이 가슴을 쳤다.(서하진, 「알 수 없는 날들」)

이들은 모두 각 소설의 어떤 대목에서 등장인물이 갑작스럽게 심리적으로 동요하는 상황에 대한 서술이다. 이 중에는 등장인물의 느낌에 대한 일차적인 정보 전달에 치중한 표현이 있는가 하면 그 느낌을 다른 사물의 변화에 관련해 표현한 것도 있다. 어떤 경우건 이런 표현들은 각자 소설에서 주인공의 내면이나 이야기의 흐름에 걸맞은 어떤 상황을 연출하는 요소가 됨으로써 형상화에 기여한다.

문학에서 형상화란 작품의 주제, 소재, 캐릭터, 사건, 배경 등과 유기적으로 관련해 얻어진다. 이 중에서 작가는 무엇보다 들려주는 형상화에 비해 보여주는 형상화에 몰두하게 된다. 여기서 중요해지는 것이 소설의 상황을 마치 지금 눈앞에서 직접 보고 있는 듯한 느낌을 불러일으키게 하는 힘이다. 눈앞에서 일이 실제로 벌어지고 있는 듯한 느낌을 주는 글은 특히 '묘사'의 방법을 통해 얻어지곤 한다.

묘사(描寫)란 말 그대로 '그리고 베낀다'는 뜻의 한자어로, 주로 회화에서 쓰는 용어이다. 그러나 이 말은 문학작품의 문장 표현을 설명할 때도 빠지지 않고 쓰이는데 일찍이 이태준은 『문장강화』에서 이를 "어떤 물상(物相)이나 어떤 사태를 그림 그리듯 그대로 그려냄을 가리킴이다"라고 설명했다. 여기에서 '그려낸다'는 말은 진짜 그림을 그린다는 뜻이 아니라 그림으로 그려 보여주는 것처럼 글로 표현한다는 뜻임은 두말할 필요도 없다. 어떤 소설가는 묘사문을 즐겨 쓰지 않는다. 그러나 그런 소설가라도 묘사가 문학성을 드러내는 아주 유효한 방법임을 잊고 있을 리가 없고, 그 자신 역시 어떤 장면에서는 보다 선명한 묘사를 택하지 않을 수 없다는 걸 경험으로 깨닫고 있다.

묘사는 소설과 같은 문학작품에서는 주로 '감각화'를 통해 달성된다. 피츠제럴드와 메레디트는 『소설작법』에서 "묘사는 독자의 오감(五感)에 호소한다. 이것은 독자의 감정적 반응을 일으켜 작중인물과 그 배경을 실감 나게 만든다"고 설명한다. 그들은 또 "작가는 독자로 하여금 간접적으로 그 스토리를 경험케 하기 위하여 감각, 시각 · 청각 · 후각 · 촉각 · 미각에 호소함으로써 묘사를 한다"고 덧붙였다.

사실 감각에 기대는 표현은 무엇보다 '시적 표현'과 관련이 깊다. 감각적인 표현에 익숙해지려면 시를 외우고 쓰는 과정을 겪는 것도 좋다. 그렇지 않다면 적어도 시를 읽는 일을 게을리 하지 않아야 한다. 소설적 상황에서도 이와 다르지 않다.

우리는 논 곁을 지나가고 있었다. 언젠가 여름밤, 멀고 가까운 논에서 들려오는 개구리들의 울음소리를, 마치 수많은 비단조개 껍질을 한꺼번에 맞비빌 때 나는 듯한 소리를 듣고 있을 때 나는 그 개구리 울음소리들이 나의 감각 속에서 반짝이고 있는, 수없이 많은 별들로 바뀌어져 있는 것을 느끼곤 했었다. 청각적 이미지가 시각의 이미지로 바뀌어지는 이상한 현상이 나의 감각 속에서 일어나곤 했었던 것이다. 개구리 울음소리가 반짝이는 별들이라고 느낀 나의 감각은 왜 그렇게 뒤죽박죽이었을까. 그렇지만 밤하늘에서 쏟아질 듯이 반짝이고 있는 별들을 보고 개구리의 울음소리가 귀에 들려오는 듯했었던 것은 아니다. 별들을 보고 있으면 나는 나와 어느 별과 그리고 그 별과 또 다른 별들 사이의 안타까운 거리가, 과학책에서 배운 바로써가 아니라, 마치 나의 눈이 점점 명확해져가고 있는 듯이 나의 시력에 뚜렷이 보여오는 것이었다. 나는 그 도달할 길 없는 거리를 보는 데 홀려서 멍하니 서 있다가 그 순간 속에서 그대로 가슴이 터져버리는 것 같았었다. 왜 그렇게 못 견디어 했을까. 별이 무수히 반짝이는 밤하늘을 보고 있던 옛날 나는 왜 그렇게 분해서 못 견디어 했을까.

김승옥, 「무진기행」

"멀고 가까운 논에서 들려오는" 요란한 개구리 울음소리와 밤하늘에서 쏟아질 듯 반짝이고 있는 별들을 느끼며 들길을 걷고 있는 주인공은 현재, 지난날 그 소리의 요란함과 빛의 현란함 때문에 혼란스러워지던 기억을 되살리게 되면서 "가슴이 터져버리는 것" 같은 어떤 괴리감과 안타까움을 다시 실감하고 있다. 그러한 주인공의 절망은 인용문에 되풀이되어 나타나고 있는 소리와 빛들의 혼재와 뒤바뀜을 겪는 과정을 통해 이 작품을 읽는 독자의 감정으로 전이되기에 이른다. 여러 가지 감각에 기댄 표현으로 주인공의 심리적 정황까지 묘사함으로써 독자들에게 실재감을 제공하는 이 같은 서술 형태를 얻기까지 소설가가 들이는 공은 사실 예사로운 정도일 수가 없다.

특히 1960~70년대 산업화 시대 이후 크게 평가받는 소설가들은 대개 탁월한 감각을 자랑하는 문장력을 보유하고 있다. 이 같은 전통은 2000년대의 대표작가들에게도 어김없는 재산 목록에 해당한다.

막 스러진 해는 서산 언저리에서 환한 빛살을 던지고, 점점이 뜬은 양털 같은 구름은 붉은 기운에 감겨 은빛으로 빛났다.

이혜경, 「망태할아버지 저기 오시네」, 2006

바람이 집 안을 지나가자 설핏 쉰 지린내가 묻어왔다.

전경린, 「염소를 모는 여자」, 1996

쨍, 갈라질 듯 푸른 빛으로 얼어붙었던 하늘이 차츰 흐려지고 있었다. 바람이 차고 대기 속에는 습기가 묻어났다.

서하진, 「착한 가족」, 2008

예문에서처럼 시간의 경과나 자연의 움직임을 감각에 기대어 표현하는 일은 이들 문장가들에게는 거의 기본 덕목이랄 수 있다.

나는 옥상 턱에 손을 얹고, 바닥을 향해 소리를 질렀다. 내 성대의

좁은 구멍이 열리면서 물고기들이 꼬리를 퍼덕이며 튀어나오기 시
작했다. 시커먼 몸통의 장어와 황홀한 은빛의 갈치가, 그리고 옥돔과
등푸른 고등어가 미끄러져 나왔다.

김인숙, 「빨간 풍선」, 2005

지하철은 빛을 가로지르며 달렸다. 사방에서 쏟아진 미적지근한
햇빛이 바닥으로 뚝뚝 떨어졌다가 이내 스며들었다. 수명을 다한 빛
은 무거웠고, 눅눅했다. 빛은, 찌들어 보였고, 먼지로 가득 찬 것만
같았다. 목구멍이 간질거렸다.

김유진, 「희미한 빛」, 2010

위에서 보듯 청각(소리 지름, 햇빛 떨어짐), 촉각(좁은 목구멍으로 물고기들
이 튀어 나옴, 빛의 눅눅함), 시각(물고기들의 색채, 찌들어 보이는 빛) 등의 감각
의 다채로운 향연도 소설에 생생한 활기를 불어넣어 준다. 이런
감각은 나아가 현대 문화가 특기로 삼고 있는 에로티시즘과 만
나기도 한다.

그 여자애 배꼽 밑에는 화살 문신이 있다. 그걸 새길 때보다는 뱃
살이 붙었는지 이제 그 문신은 화살이기보다는 밧줄 모양이다. 화살
촉 부분도 초기의 날카로움을 잊고 끝이 구부러져 버렸다. 그런 화살
이라면 아무도 못 죽일 것이다. 화살이든 밧줄이든 혀끝으로 그 부분

을 핥을 때면 아주 쌉쌀한 맛이 난다.

김영하, 「비상구」, 1999

흙은 포근한 밀가루 빵처럼 보였다. 햇살에 부푼 그 흙을 집어먹
으면, 몸이 부드러운 흙 속에 누운 것처럼 편안해지고 손가락 발가락
사이와 겨드랑과 허벅지, 그리고 자궁 속에까지 빛이 자글거릴 것만
같았다.

김훈, 「언니의 폐경」, 2005

「비상구」에서 보는 시각(문신 모양) → 촉각(혀끝으로 핥기) → 미각(쌉
쌀한 맛), 또는 「언니의 폐경」에서 보는 시각(빵 같은 흙) → 촉각(몸에
빛이 자글거림)의 감각적 변주가 소설을 읽는 이에게도 생생한 감각
을 전할 것임은 물론이다.

감각에 기댄 표현이 작품의 형상화에 기여하는 정도는 굳이
말할 필요도 없겠는데, 어떤 소설에서는 감각 자체가 스토리 라
인의 축이 되거나 인물의 행동 변화의 주요 동기가 되게도 한다.
그중에서도 '아픈 감각'이야말로 가장 두드러진 실례를 제공해
준다. 거칠게 떠올려봐도, 하근찬의 「수난이대」에서의 두 부자
나, 손창섭의 「비 오는 날」에서의 동욱과 동옥의 불구, 이청준의
「병신과 머저리」(1966)에서의 근원 모를 환부(患部), 조선작의 「영
자의 전성시대」(1973)에서의 매춘부 애인 영자의 팔 잃은 신체 등

은 스토리의 전개에 중요한 계기가 되거나, 나아가 소설적 주제를 실감나게 전해주는 매개가 된다. 이청준의 「퇴원」(1965)이나 최인호의 「견습환자」(1967) 등은 아픈 사람이 환자로서 병원에 장기 입원 중이고, 정종명의 「이명(耳鳴)」(1983)의 신경성 이명, 양귀자의 「의치(義齒)」(1986)에서의 이유 없는 치통, 송은상의 「환지통(幻指通)」(2000)에서의 '잘려나간 다리 끝에서 느끼는 가려움증' 등은 '아픈 감각'이 스토리 전개의 축이 되고 있는 소설들이다.

이재선은 『현대한국소설사』에서 "오늘의 우리 문학, 특히 소설은 확실히 불건강함에 대한 강한 강박관념을 노출하고 있다"고 전제하면서, 이청준의 「퇴원」, 「소문의 벽」, 『당신들의 천국』(1976), 신상웅의 「성 유다 병원」을 비롯한 많은 소설들이 치통, 천식, 두통, 현기증, 이명, 수전증, 성적 장애, 실어증, 복통, 정신병, 불면증, 경련, 빈혈, 고혈압, 마비, 구토 등등의 병을 다루고 있다고 설명한다. 또한 나소정은 「현대소설에 나타난 심리적 적응행동에 관한 연구」에서 이청준 소설과 함께 오정희 소설의 등장인물이 지닌 병적 질환을 배회, 가출, 습관적 낙태, 망상 등으로 조사한 바 있다. 누구나 사소한 질병 한두 개쯤은 몸의 일부처럼 지니고 있는 현대인들은 이미 한국 소설 속의 아픈 감각과 환자로 들어서 있다. 새로운 소설가들도 이렇듯 또 어떤 아픔의 감각을 드러낼 것인지 고민하는 일로써 감각적 표현을 얻고 형상화를 이루면서 소설의 폭을 넓혀나갈 수 있을 것이다.

직업 가진 사람이
필요하다

문학은 삶을 비춰주는 거울이다. 거울을 통해 자신의 모습을 보고 매무새를 가다듬듯이, 우리는 문학을 통해 삶을 성찰할 기회를 얻는다. 그러나 문학은 언제나 삶의 일부를 담아 비춰줄 뿐, 다양하고 복잡한 삶 전반을 다 보여주지는 않는다. 중요한 것, 대표적인 것, 특징적인 것 등등 삶의 어떤 단면을 제시하여 그 전체를 대신하도록 한다. 그러다 보면 그 단면은 자칫 삶의 구체적인 면모를 잃고 추상적이고 관념적인 정황만으로 드러나기 쉽다. 문학이 삶의 단면을 담되 구체성을 잃지 않으려면 그 삶이 뿌리내리고 있는 터전을 배경에 두지 않으면 안 된다. 그중에서도 사람들이 무엇을 해서 먹고살고 있는가 하는 의문에 대해 고려하지 않으면 삶과 유리된 캐릭터가 내세워지게 되고 그로부터 독자의 외면을 받는 결과를 빚게 된다.

특히 소설은 삶의 입체성에 주목해서 그 삶의 주인공들이 어떤 경제적 조건 위에서 살고 있는가에 대해 나름대로 충분히 배려하는 가운데서 실감 나는 스토리를 엮어가는 장르이다. 가령 주인공이 음식점에서 식사를 하고 있다고 치자. 그때의 메뉴 선택은 그의 주머니 사정과 관련을 맺지 않을 수 없다. 박봉의 샐러리맨이 고급 중화요리 집에서 코스 요리를 주문해 먹는다면 그럴 수 있는 사정을 설명해두어야만 한다. 따라서 소설가는 그 사람의 직업에 대해 무신경할 수 없다. 소설가는 현실을 제대로 반영하기 위해 등장인물의 직업에 대해 계산해야 한다.

우리 소설에는 많은 직업인들이 등장한다. 일정한 거처도 없이 장바닥을 돌아다니는 소위 '장돌뱅이'부터 부유한 재벌급 인사까지 계층도 다양하고 직업의 종류도 다양하다. 그중에서 아주 빈번하게 등장하는 직업은 소설가나 시인을 비롯한 예술가나 비정규적인 직업에 해당하는 하층계급의 노동자인 것으로 조사되고 있다. 가령 세기말 한국 영화 중흥의 기폭제가 된 임권택 감독의 〈서편제〉(1993)는 원래 서편제(섬진강 서쪽 명창들의 소리) 가락에 얽힌 사연들을 소설화한 이청준의 1970년대 연작소설 「남도사람」을 각색해 영화화한 것이다. 잠든 딸의 두 눈에 청강수를 넣어 득음의 경지에 이르게 한 아버지와 그 소리꾼 남매의 기구한 인생이라는 영화의 중요 모티브는 연작 전체의 작은 부분이고, 이 연작 곳곳에는 '소리의 빛'을 찾아 떠난 소리꾼들, 즉 예술가들의 생애가 복합적으로 녹아들어 있다.

현실적 가치와 타협하지 못하고 소외와 가난 속에서 방랑과 기행을 일삼으며 진정한 예술을 향해 나아가는 이들의 몸부림을 담은 이러한 소설을 '예술가 소설'이라 일컫는다. 우리 소설사에 사실주의를 정착시킨 대표적인 작가 김동인이 빚은 비극적인 예술가 이야기인 「광염소나타」(1929), 「광화사」(1935)를 비롯, 일본 호류사[法隆寺]의 금당 벽화를 그린 고구려 화가 담징을 주인공으로 한 「금당벽화」(정한숙, 1955), 조건 없는 예술성의 극치를 꿈꾸다 암으로 죽어가는 한 아마추어 여류화가의 생애를 담은 「유자약전」(이제하, 1969), 천부적인 서화가의 일생을 담은 「금시조」(이문열, 1981), 그로테스크한 외모로 원초적인 음의 세계를 향해 타협 없이 질주해간 대금 명인을 그린 『민꽃소리』(유익서, 1989) 등은 이러한 유형의 소설이다. 소설이 또한 그런 예술성을 추구하는 과정에서 빚어진 산물이므로 예술가가 주인공인 소설이 많은 것은 어쩌면 당연한 귀결이라고도 볼 수 있다.

하층계급 노동자나 일이 일정하지 않은 생활자들이 주인공이 되는 소설이 많은 것도 한국 소설의 한 특징으로 정리된다. 멀리는 1920년대 최서해 소설의 간도 이민 체험자로부터 가깝게는 1970년대 간척지 현장에서 소외와 좌절을 겪는 「객지」(황석영, 1971)의 주인공 이동혁에 이르기까지 이 인물들은 한국 소설사의 중심적 인물군을 이루고 있다. 이 점, 급진적인 산업화 시대에 생산의 주역이면서도 그 이익 분배에서 제외되는 하층 노동자들에 대한 연대감과 부채 의식이 이런 인물을 심도 있게 부각시키는 동력이 되었다 할 수 있다. 윤흥길의 『아홉 켤레의 구두로 남은 사내』, 조세희의 『난장이가 쏘아올린 작은 공』 등의 연작소설들도 경제적 안정을 보장받지 못하는 비정규적인 임금 노동자들을 주로 그리고 있는 소설이다. 이광복의 「지하실의 닭」(1981)의 주인공은 만화가이지만 밤낮없이 만화 그리기를 해도 지하 전세방 신세를 면치 못한다.

황석영의 「삼포 가는 길」에서 눈 덮인 겨울 산길을 함께 가는 떠돌이 막노동꾼 사내 둘과 술집 작부도 이런 인물 유형에 속한다. 몸뚱어리 하나 외에는 아무것도 가진 것이 없는 이들은 서로 마음을 열고 서로의 끈질긴 생명력을 보듬는다. 그러나 1980년대 이후 이러한 인물군이 뚜렷한 의식을 지닌 노동자 집단으로 소설 속에 자리하기도 했다. 정화진의 「쇳물처럼」(1987), 방현석의 「새벽출정」(1989)을 비롯한 일련의 노동소설들에서 이들은 임금 체불, 열악한 노동 조건, 부당 해고, 산업재해에 농성, 파업 등으로 맞서고 있다.

「영자의 전성시대」(조선작)나 『별들의 고향』(최인호, 1973)에서 볼 수 있는 창녀나 호스티스들도 우리 소설에서 한몫하는 비정규적인 직업인이다. 한때 호스티스가 등장하는 소설은 무조건 베스트셀러가 된다는 속설이 유행한 적이 있었는데, 실제로 1960~70년

대의 급진적인 산업화 시기에 도시를 배경으로 형성된 호스티스
층은 스스로가 독자군을 이루어 베스트셀러를 태생시킬 만큼 흔
해진 신종 직업이었다. 이들 직업군에 빠지지 않는 대표적인 유
형이 매춘부이다. 근대문학 초기 『무정』(이광수, 1917)의 영채로부터
원조교제를 하는 소녀 얘기조차 익숙한 21세기 소설의 주인공에
이르기까지 성 상품화 문제는 그 겉옷을 달리 입으면서 이 땅의
자본주의의 그늘에서 쉼 없이 문학에 줄을 대고 있다.

별 수입도 없이 '마누라 등쳐먹고 사는 등처가'(윤후명, 「원숭이는
없다」)도 특기할 만한 주인공들이다. 이들은 인텔리이면서 백수건
달인 이른바 '고등 룸펜'으로, 1930년대 이상의 저 유명한 「날개」
의 주인공인 자칭 '박제된 천재', 1960년대 새로운 감수성을 열
었다고 평가되는 김승옥의 「서울, 1964년 겨울」의 주인공이 이
에 속한다. 이런 특징은, 직업이 있기는 하지만 거의 비정규적인
삶을 영위하는 1990년대의 주인공들, 즉 윤대녕, 신경숙 소설에
서 강한 예술적 취향, 여행벽, 독신 등의 개성을 보이는 인물들
로 그 속성을 이어가고 있다고 볼 수 있다.

세상을 떠돌아다니는 것을 업으로 삼는 사람으로 치면 '장돌
뱅이'보다 확실한 직업이 없다. 장돌뱅이는 여러 장으로 돌아다
니며 물건을 파는 장수, 즉 '장돌림'을 속되게 이르는 말이다. 도
시마다 상설 시장에 거대한 할인 매장까지 생겨나 있는 이즈음
에도 군 이하의 작은 도시에서는 5일마다 장이 서는 데가 많고,

승합차나 트럭을 몰고 그런 장들만 돌아다니는 장돌뱅이들이 아직 건재하다. 이효석의 「메밀꽃 필 무렵」에 등장하는 '허생원'과 그의 아들로 추정되는 '동이'라는 인물은 우리 소설사에서 추억을 쌓아온 장돌뱅이의 표상이 되었다. 이 인물은 반세기를 더 지나 1990년대 이순원의 「말을 찾아서」의 넉넉한 가슴의 사내로 살아났다. 발로 쓰는 작가 김주영은 아예 장돌뱅이 군단을 내세웠으니, 보부상 시대의 장돌뱅이(『객주』, 1980)로부터, 백두대간의 동서를 넘고 서해안과 중국 연안을 잇는 현대판 장돌뱅이 패들(『아라리 난장』, 2000)까지가 그 인물들이다.

이들에 비해 정규적인 직업으로 상인이 주인공인 소설도 적지 않다. 『무화과』(염상섭, 1931)에서 그린 무역상, 『천변풍경』(박태원, 1936)에서 그린 비단장수, 『대하』(김남천, 1939)에서의 상인 등이 근대 형성기를 표상하는 상인의 모습이다. 20세기 종반에 관심을 끈 박완서의 『미망(未忘)』(1990)이나 최인호의 『상도(商道)』(2000)는 지난 시대의 장사꾼들을 다룬 소설이다.

농촌 중심의 사회에서 도시 중심의 사회로 변화하면서 대표적으로 성장한 직업이 회사원들, 소위 화이트칼라들이다. 이들은 양복에 넥타이를 매고 일하는, 누구나 동경해 마지않던 직업인이었지만 곧 병든 어머니와 만삭의 아내, 돈 없는 동생들을 책임지기에는 너무 힘든 신세(이범선, 「오발탄」)임이 드러났다. 산업화 시기를 거치면서도, 어느새 지하철 철로에 뛰어들어 팔을 잃는

충동주의자(이유범, 「소리」), 아랫사람에게 군림하고 윗사람에게 굽실거리는 이중인격자(이동하, 「상전 길들이기」)로 전락했다.

또한 경제인 생활을 경험한 작가들이 형상화한 기업가의 모습은 자본주의의 성공과 그 그늘을 균형적으로 담아 보이고 있어 흥미로운데, 홍상화의 『거품시대』(1994)나 김준성의 「흐르는 돈」(2001)이 그 대표작이라 할 만하다. 그밖에도 의사(전광용, 「꺼삐딴 리」 등), 교사(전상국, 「우상의 눈물」 등), 군인(김용성, 「리빠똥 장군」 등), 출판사 편집기자(이채형, 「겨울 우화」 등), 형사(김용만, 「은장도」 등) 등이 우리 소설 속에서 활약한 직업인이었다. 한편 여성 취업률이 높지 않은 우리 사회에서 전업 주부를 가사노동자로 분류해야 옳다는 주장과 관련해 박완서의 「지렁이 울음소리」, 오정희의 「동경(銅鏡)」, 김형경의 「담배 피우는 여자」 등의 주인공들도 전문적인 직업 영역에서 이해할 수 있다.

후기 산업사회로 진입한 한국 사회는 더욱 다양하고 이색적인 직업인을 양산해냈고 소설 또한 이러한 사회 분위기를 반영하듯 다양한 직업적 전문성을 반영하게 되었다. 안경점 점원(조경란, 「불란서 안경원」), 불법 복제 시디 판매상(김영하, 「바람이 분다」), 무허가 문신사(천운영, 「바늘」), 남자 창부(김종광, 「정육점에서」), 노름꾼(성석제, 「꽃피우는 시간—노름하는 인간」), 지하철 '푸시맨'(박민규, 「그렇습니까, 기린입니다」), 외화 번역자(표명희, 「야경」), 찜질방 면도사(김지현, 「털」), 백화점 쇼윈도 모델(조영아, 「마네킹 24호」), 양꼬치 요리사(박찬순, 「가리봉 양꼬치」), 치위생사(김설원, 『이별 다섯 번』), 전자제품 판매원(손보미, 「폭우」), 고독사 돌보기 회사 (고은규, 『데스케어 주식회사』) 등은 다양해지되 더욱 교묘해진 자본 논리에 희생되고 있는 군상들이다.

그러나 전반적으로 우리의 소설은 동시대의 실제 직업인을 입체적으로 조명하는 데 그리 적극적이지 못하다. 이는 작가들의 체험이 얕아서이기도 하겠고, 삶의 현장에서 벗어나 반추되고 회상되는 회한의 정조를 중시하는 문학의 속성 탓이기도 하겠지만, 나아가 삶에 대한 구체적인 체험 의식이 부족한 탓이라고 볼 수도 있다. 어쨌든 우리의 소설에서 다양한 직업인들이 활약하지 않는다는 점은 소설을 독자로부터 멀리 떨어뜨리게 하는 요인이 된다는 사실에 대해서는 깊이 인식할 필요가 있다.

이 지점에서는 세계적인 베스트셀러 작가가 법률가, 무기 전문가, 의사, 교수 등 전문가들이라는 점을 떠올릴 필요가 있다. 『쥐라기 공원』의 마이클 크라이튼(과학자), 『붉은 폭풍』의 톰 클랜시(군사전문가), 『최후의 배심원』의 존 그리샴(변호사), 『바이러스』의 로빈 쿡(의사), 『다빈치 코드』의 댄 브라운(멘사 회원 출신) 등이 바로 그런 사람들이다.

이들을 모두 통속작가라 분류해도 좋지만, 그러나 우리에게는 그런 전문적인 체험 세계를 보이는 통속작가마저 있다고 말하기 어렵다. 통속작가가 아닌 소위 정통작가들이거나 정통작가를 꿈꾸는 습작생들 또한 이미 법률가도 무기 전문가도 의사도 군인도 과학자도 아니기가 보통일 뿐더러 설사 그런 사람이더라도 그런 체험을 집약적으로 반영하려 하지 않는다. 대신 흔히 문단에서 중요하게 평가하고 있는 어떤 가치들(역시 주제성이나 문제 등)에 지나치게 얽매이는 것이 우리 작단의 작법 관행이다. 권택영은 한국 소설이 한국인이 처한 삶의 환경을 전문적인 체험 확보를 통해 깊이 있게 다루지 못한다는 점을 지적하면서 "자신이 처한 독특한 상황을 국가적인 것으로, 그것을 다시 인류 전체가 느끼고 공감하는 인간적인 것으로 확대시키는 상상력, 그리고 그 인류의 고통을 극복하려는 용기를 보여주어야" 세계 문화 속의 한국 문학으로 평가될 수 있다고 진단한다.

자기 체험의 전문성을 확보하자는 것, 그리고 그것을 세계화와 보편화의 발판으로 삼자는 것, 특성화하지 않으면 보편화되지 않는다는 사실을 염두에 두자는 것, 세계를 향해 가기 위해 전문화는 필연적이라는 것 등등을 우리는 이제 염두에 두어야만 한다. 비슷비슷한 주인공에 경험의 질과 폭, 행동 양상, 가치관까지 비슷비슷한 것으로 설정된 소설이 그 안에 내재하고 있는 전통적인 소설 미학을 지켜봐주기를 기대해서는 곤란하다.

도구를 활용하면
발전이 빠르다

소설은 주로 이 세상을 살아가는 사람들의 이
야기를 다루지만 그렇다고 '아무개와 아무개의 사랑 이야기' 식
으로 제목을 달고 있거나 하지 않는다. 마찬가지로 그 소설을
'아무개의 인생 이야기' 식으로 설명하기도 쉽지 않기가 보통
이다. 당장 그 소설들은 앞서 본 것처럼 제목만으로도 「비 오는
날」, 「뫼비우스의 띠」, 「동백꽃」, 「소나기」 식으로 사소한 사물
이나 특정한 한 가지 사실만을 내세우고 있다. 소설은 사랑 · 인
생 · 죽음 · 고통 · 저항 · 이별 따위로 대표되는 인생사를 다루고
있긴 하지만 그 인생사 전체를 보여주는 것이 아니라 특별히 채
택한 어떤 일 한두 가지 정도만 보여준다.

소설이 표면적으로 다루는 것은 '비 오는 날'이면 떠올려지는
어떤 일, '뫼비우스의 띠'로 상징되는 어떤 일, '동백꽃' 핀 어떤

날의 일, '소나기' 때문에 일어난 어떤 일 등이지, 사랑·인생·죽음·고통·저항·이별로 점철된 인생사 전체가 아니다. 그 소설들은 제목으로 나온 사소한 사물이나 사실에 관해 세세하게 서술함으로써 작품화된 것이고, 그때 그 사물이나 사실은 작가가 궁극적으로 드러내고자 하는 인생사를 대신하거나 상징하는 도구로 자리한다.

아무리 담고 싶은 사연이 많아도 소설에 그것을 다 담을 수는 없다. 그래서 영리한 소설가는 이미 담아서 흘러넘칠 것을 대비해 그것들을 대신하거나 상징할 수 있는 도구를 제시해놓고 주로 그것에 대해서만 서술한다. 그 도구가 반드시 제목으로 제시되지 않아도 좋다. 가령 조세희의 『난장이가 쏘아올린 작은 공』 연작에서 '난쟁이'나 '공'도 바로 소설의 주제를 살리는 존재이지만, 그밖에 '안과 겉의 구분이 없는 띠'라는 의미의 '뫼비우스의 띠'나 '안과 밖 구분이 없는 병'이라는 의미의 '클라인 씨의 병' 등도 그런 기능을 한다. 소설에는 스토리 전개에 기능하거나 주제를 부각시키는 이런 도구들이 요긴하게 쓰인다.

역시 앞에서 예를 든 「소나기」를 다시 상기하자. '이야기시간' 상으로 이 소설의 줄거리를 살펴보면, 주인공 소년과 소녀의 만남과 사랑, 그리고 죽음을 계기로 한 이별이라는 스토리를 만나게 된다. 그러나 이 소설은 그 스토리를 드러내는 과정을 주된 소설상황으로 삼지 않고 있음을 알아야 한다. 흔히들 영화를 보고 나거나 소설을 읽고 났을 때 스토리를 묻거나 말하게 되는데, 그러나 우리가 영화를 보고 소설을 읽고 가슴에 남은 잔상은 의외로 어떤 인상 깊은 장면, 사소한 것처럼 보이는 행동, 이런 것일 때가 많다. 「소나기」의 경우도 그렇다. 이 소설에 활용된 조약돌·비단조개·소나기·빗물이 밴 스웨터 등과 같은 사소한 도구들은 뜻밖에 이 소설을 인상 깊게 하는 데 기여한다.

이런 도구 활용법은 일찍이 일제강점기 시대 소설부터 영민한 작가들은 모두 알고 있었다. 김동인의 「감자」(1925)에서 '감자'는 스토리상에서 크게 기능하고 있지 않은데도 제목에 내세워져서 소설에 구체성을 불어넣기 손쉬워졌고 나아가 그 자체로도 상징적 의미를 지니게 되었다. 강경애의 「소금」(1932)에서 '소금'은 실제로 소금을 밀수하는 내용이 줄거리상에서도 큰 부분을 차지하는데 게다가 그것이 동시대의 한국인 중에서도 국경 지역에서 사는 하층민의 삶을 집약적으로 드러내는 도구로 활용되면서 특별한 상징성을 얻게 되었다. 우리가 그냥 무심히 받아들이는 무수한 소설의 제목들도 실은 구체성과 상징성을 동시에 얻을 수 있는 도구를 적절히 활용한 예에 해당된다고 볼 수 있다.

어렸을 때 겪은 일이지만 난 아주 기분 나쁜 기억을 한 가지 가지고 있다. 6·25가 터지고 나서 우리 고향에는 한동안 우리 경찰대와 지방 공비가 뒤죽박죽으로 마을을 찾아드는 일이 있었는데, 어느 날

밤 경찰인지 공빈지 알 수 없는 사람들이 또 마을을 찾아 들어왔다.
그리고 그 사람들 중의 한 사람이 우리 집까지 찾아 들어와 어머니
하고 내가 잠들고 있는 방문을 열어젖혔다. 눈이 부시도록 밝은 전
짓불을 얼굴에다 내리비추며 어머니더러 당신은 누구의 편이냐는
것이었다.

이청준, 「소문의 벽」, 1971

위 대목은 화자 '나'가 찾아낸 소설가 박준의 과거 인터뷰 내
용이다. 소설가로서 정신병을 앓고 있는 박준의 진정한 병의 근
원이 '전짓불 앞의 공포'라는 유년 시절의 체험에 가 닿아 있음이
드러나는 대목이다. 갑작스런 전짓불 앞에서 어떤 대답을 하건
죽을 확률이 50%인 상황에 직면한 어머니와 어린 박준의 공포는
그 후 박준의 인생을 지배하는 과제로 자리한다. 전짓불은 소설
의 주인공 박준의 병의 근원을 드러내는 핵심 모티프이자 소설
전체에 구체적 실감을 제공하는 도구로 자리해 있는 셈이다.

어머니가 돌아가셨단 얘길 하려던 건 아니었어요. 귤 때문이에요.
언젠가 어머니가 귤 얘기를 했거든요. 아저씨가 젤 좋아하는 게 귤이
라고요. 올해 들어 처음 귤이 나온 걸 봤거든요. 그래서 그냥……

윤후명, 「귤」, 1984

위 소설에서 '나'는 몇 해 전 우연히 하룻밤 동침을 한 한 여인의 아들의 방문을 받는다. 그 아들은 엄마가 연탄가스로 죽었다는 것과, 이전에 엄마가 '나'가 제일 좋아하는 것이 굴이라고 했다는 얘기를 전해준다. '나'는 비로소 유년 시절에 가슴에 묻어둔 굴에 대한 은밀한 비밀을 또렷이 인식하게 된다. 이때 굴은 '나'와 여인 사이, 그리고 '나'와 오십 년대 초의 강릉에서의 추억을 연계해주는 중심 매개로 자리해 있다. 그것은 동시에 작품의 형상화에 구체적인 질감을 부여하는 핵심 모티프가 되기도 한다.

김승옥의 「무진기행」에서의 '무진'이라는 지명과 안개라는 사물이 가져다주는 상징성도 그렇고, 김성동의 『만다라』(1978)에서의 '병 속의 새'라는 화두 역시 그런 기능을 한다고 볼 수 있다. 또는 윤흥길의 『아홉 켤레의 구두로 남은 사내』에서의 '구두'도 그런 상징성을 부여받은 사례라고 하겠다. 서영은의 「먼 그대」(1983)에서 주인공(문자)이 마음의 위안으로 삼은 '낙타', 은희경의 「아내의 상자」(1997)에서 아내가 남기고 간 '상자' 등이 또한 그와 유사한 기능을 한다. 신경숙의 「풍금이 있던 자리」에는 '풍금'도 등장하지 않고 따라서 '풍금이 있던 자리' 또한 설정되어 있지 않지만 제목 그 자체가 작품의 주제나 분위기를 상징해주는 일종의 기호 모티프가 되고 있다.

어떤 소설이든 그 속에는 사람이 사는 이야기가 담겨 있게 마련이다. 설혹 사람이 아닌 동물의 세계나 상상의 존재들의 세계가 등장할 수 있지만 그 역시도 사람 사는 이야기의 환유일 뿐이다. 소설이 세상 사는 사람들의 이야기라는 것을 누구나 다 알기 때문에 많은 습작생들은 실제로 사람이 사는 모습의 많은 것을 다 보여주어야 한다는 생각을 하게 된다. 당연한 일이다. 소설은 인생의 많은 것을 보여주어야 한다. 그런데 인생의 많은 것을 보여준다는 것은 어떤 것을 의미할까? 여기에서부터 습작생들의 운명이 갈리는 경우가 많다. 대개는 어려운 인생사를 다 설명해주어야 그럴듯한 소설이 된다는 생각을 하게 된다. 그럴 경우 형상화에 실패하기 십상이다.

소설창작 과정에서는 그러니까 인류 평화나 국가 경제에 관한 큰 사건을 중심으로 한 스토리 라인을 구축하는 것이 중요한 게 아니라 빈 밥그릇이나 해진 구두 등과 같은 작은 도구를 생생하게 살리는 훈련이 무엇보다 소중하다. 세밀한 것에 매달리지 못하면 무엇을 보여주려 했건 바라던 바를 성취하기 어렵다. 습작생들은 부분에 매달려서 그 부분으로써 전체를 말하겠다는 생각을 해야 한다. 다만 여기에서 잊지 말아야 할 것은 자신이 조명하고 있는 그 부분이 언제나 전체와의 조화 속에서 필요한 부분이어야 한다는 사실이다. 이 지점에서는 흔히 문학이 '부분과 부분 간의, 또는 부분과 전체 간의 조화를 이루는 유기체'라는 사실을 강조하는 보편적인 문학개론의 설명을 떠올릴 수 있겠다.

끝이 좋아야
모든 게 좋다

　　단편소설은 무엇보다 구성의 완결성이 추구되는 장르라 할 수 있다. 특히 축을 이루는 스토리가 한곳에서 합일되는 결말 부분의 매듭이 무엇보다 중요하다. 작가는 스스로 벌여놓은 이야기를 어떻게 해서든 하나의 완결된 형태로 마무리 짓는 특별한 노력을 기울여야 한다. 더욱이 그 결말 부분은 거기까지 읽고 책을 덮는 독자들에게 그 소설의 인상을 최종적으로 결정짓는 대목이 아닐 수 없다. 전체 분량으로 따지면 아주 적은 원고량에 해당할 뿐이지만, 정성을 기울이지 않으면 지금까지 기울인 노력이 수포로 돌아가고 만다. 또한 작가로서는 이 대목이 마지막 승부처이기도 하다. 극적 반전을 통한 통쾌한 마무리, 극한의 상황에서 터지는 절규, 흐트러진 이야기 갈래들이 하나의 물줄기로 통합되는 미적 카타르시스의 성취 등등으로 말해질이 승부처를 위해 기존의 작가들은 어떤 장면을 그려냈는지 살펴보자.

「감자」(김동인)의 결말은 억울하게 살해당한 아내의 시신마저도 돈을 받고 은폐하는 데 동의하는 남편의 태도로써 자본에 지배당한 시대의 암울한 현실을 반영한다. 「오발탄」(이범선)에서 극한 상황에 몰린 주인공은 '가자!'라는 외침으로 비극의 극점에 도달하고 있다. 「눈길」(이청준)은 주인공이 그토록 외면해온 어머니의 그날의 귀갓길에 대한 정보가 '아침 햇살의 눈부신 부끄러움'으로 밝혀지면서 극적 카타르시스를 제공한다. 「이십 년 뒤」(오 헨리)의 결말은 반전의 묘미를 한껏 느끼게 한다.

'감수성의 혁명'이라는 찬사를 받은 바 있는 김승옥의 대표작 「무진기행」은 예리한 감각이 소설 전체에서 빛을 발하고 있지만, 가장 긴박하게 울림을 주는 대목은 역시 소설의 말미에 있다.

> 한 번만, 마지막으로 한 번만, 이 무진을, 안개를, 외롭게 미쳐가는 것을, 유행가를, 술집 여자의 자살을, 배반을, 무책임을 긍정하기로 하자. 마지막으로 한 번만이다. 꼭 한 번만. 그리고 나는 내게 주어진 한정된 책임 속에서만 살기로 약속한다. (…중략…) 나는 심한 부끄러움을 느꼈다.

한 사내가 안개 말고는 별 볼일 없는 해안 도시 무진에 와서 며칠을 은둔한다. 사내는 동창들이며 모교에 재직 중인 여선생과도 만나면서 점점 자기가 처한 삶을 가엾게 여기게 된다. 그러나 결국 사내는 '출세가 보장된 삶'과 타협해버린다. 물론 여선생을 '안개'로부터 '햇볕 속으로' 끌어가겠다는 약속도 지킬 수 없게 되었다. 작가는 위 대목에서 보이는 거친 호흡의 운율에 반영된 급격한 심리 변화를 통해 이 소설이 드러내기를 미뤄온 주제를 강력하게 부각시키고 있다.

황석영의 「삼포 가는 길」의 말미에도 그런 장면이 나온다.

> 백화는 개찰구로 가다가 다시 돌아왔다. 돌아온 백화의 눈이 젖은 채 웃고 있었다.
>
> "내 이름은 백화가 아니에요. 본명은요…… 이점례에요."
>
> 여자는 개찰구로 뛰어나갔다. 잠시 후에 기차가 떠났다.

막노동꾼 사내들이 스스로 눈밭을 헤쳐 찾아가는 고향 삼포가 이제 "바다에 방둑을 쌓아놓구, 추럭이 수십 대씩 돌을 실어" 나르는 공사판으로 변해버린 것을 알고 망연자실한다. 몸도 마음도 둘 데 없이 다 파헤친 위에 '관광호텔'을 지어대는 산업화의 모순은 그렇게 짚어졌다. 하지만 작부 백화가 '이점례'라는 자신의 본명을 밝히면서 짓는 '젖은 웃음' 속에 우리가 살 만한 또 다른 미래가 그려져 있다. 어디 하나 발붙이고 오래 살지 못한 채

부유하는 하층민들의 내면에서 이처럼 우리가 옹호할 인간다움이 있다는 작가의 인간에 대한 신뢰가 드러나는 인상 깊은 대목이라 하겠다.

저 유명한 이상의 「날개」의 명장면도 소설 말미에 제공되고 있다.

> 나는 불현듯이 겨드랑이가 가렵다. 아하, 그것은 내 인공의 날개가
> 돋았던 자국이다. 오늘은 없는 이 날개, 머리 속에서는 희망과 야심
> 의 말소된 페이지가 딕셔너리 넘어가듯 번뜩였다.
> 나는 걷던 걸음을 멈추고 그리고 어디 한번 이렇게 외쳐보고 싶
> 었다.
> 날자
> 날자
> 날자. 한 번만 더 날자꾸나.
> 한 번만 더 날아보자꾸나.

누구나 한번쯤 되뇌어보았을 장면일 것이다. 이 장면 덕분에, 매일 접대부 아내에게 밀려나 정처할 곳을 잃게 된 그 무기력한 '박제된 천재'의 비극이, 다만 식민지 시대의 작가 이상만의 것이 아닌 이유를 우리는 두고두고 생각할 수 있었다고 할 수 있다.

무엇에 떠다 밀렸는지 나의 어깨를 짚은 채 그대로 픽 쓰러진다.

그 바람에 나의 몸뚱이도 겹쳐서 쓰러지며 한창 피어 퍼드러진 노란 동백꽃 속으로 폭 파묻혀버렸다.

알싸한, 그리고 향긋한 그 냄새에 나는 땅이 꺼지는 듯이 온 정신이 그만 아찔하였다.

점순이의 영악스런 사랑의 표현에 반해 그저 우직하기만 한 '나'의 표정에 김유정 특유의 해학을 얹고 있는 「동백꽃」의 마지막 장면이다. '나'는 사랑의 느낌이 자신에게 밀려와 있다는 걸 깨닫지 못하고 있었다. 주는 감자를 거절했다는 이유로 점순이에게 괴롭힘을 당하다 못해 그만 점순이네 수탉을 죽이기까지 했다. 점순이가 '염려 마라' 하더니 '나'의 어깨를 짚고 쓰러진다. 동백꽃(생강나무의 꽃) 알싸한 향기 속에서 '나'는 이제 사랑의 느낌을 자기 것으로 이해했을까? 그 궁금증을 가슴 설렘으로 남겨둔 소설의 결말이 아닐 수 없다.

잡지 기자 출신의 어느 뜨내기 술꾼(나)이 숙취에 시달리는 아침부터 밤까지 하루를 배경으로, 사라진 서역의 나라 '둔황'을 상징 기호로 하는 신화의 세계를 다채롭게 사유하는 윤후명의 소설 「둔황의 사랑」(1982) 결말 부분은 이채롭기 그지없다. 이날 낙태를 하고 지쳐 잠든 동거녀의 머리맡에 비친 달빛 줄기 아래로, 봉산탈춤의 사자 한 마리가 중국 감숙성 명사산의 사막을 건너 걸어와 '나'에게 말을 건넨다.

"봉산(鳳山)이 예서 뭐오? 강령(康翎)이 예서 뭐오? 기린(麒麟)이
예서 뭐오?"

깜짝 놀란 나는 머리를 내젓기만 했다. 그와 함께 사자가 고개를
들고 화등잔같이 눈을 크게 떴다.

"이기 뉘기요? 북청 아주바이 앙이오?"

사자는 말을 마치자마자 어느 결에 가죽을 훌훌 벗어던졌다.

"참말 긴 하루였소. 이리 오래 춤기도 아마 처음이지비?"

목구멍에 모래가 잔뜩 엉켜붙은 쉰 목소리였다. 그러나 나는 그 목
소리가 누구의 목소리인지 짐작할 수 있었다.

그것은 내 목소리였다.

둔황에서 온 사자가 우리나라에 전래해온 북청사자요, 그것
이 또한 다름 아닌 바로 '나'였다는 사실로써, 이 소설에서 자동
연상기법처럼 떠올려진 공후인·북청사자·미라 등 무수한 지
난날의 유적들이 실은 우리 일상의 그 자체일 수 있다는 깨달음
을 선사한다.

한편 냉전 시대의 전초기지였던 한반도 인천 '중국인 거리'의
'뙤놈'들과 '양갈보'들이 사는 동네에서 성장하는 한 어린아이가
세상의 이치에 눈을 뜨는 과정을 그린 오정희의 「중국인 거리」

⑴979)도 다음과 같이 끝을 맺는다.

> 내가 낮잠에서 깨어났을 때 어머니는 지독한 난산이었지만 여덟 번째 아이를 밀어내었다. 어두운 벽장 속에서 나는 이해할 수 없는 절망감과 막막함으로 어머니를 불렀다. 그리고 옷 속에 손을 넣어 거미줄처럼 온몸을 끈끈하게 죄고 있는 후덥덥한 열기를, 그 열기의 정체를 찾아내었다.
>
> 초조(初潮)였다.

"겨우내 북풍이 실어 나르는 탄가루로 그늘지고, 거무죽죽한 공기 속에 해는 낮달처럼 희미하게 걸려 있"는 이 중국인 거리에서 "복잡하고 분명치 않은 색채로 뒤범벅된 혼란에 가득 찬" 나날을 보내는 주인공에게 이제 분명해진 것은 자신이 그 속에서 스스로 성장해내고 있다는 사실 그 자체이다. 성숙한 여성으로 성장하기 위해 보통의 여인이면 누구나 겪는 초조(初潮)가 이 소설에 와서 미숙한 한 아이가 비로소 여성으로서의 자기정체성을 확립해낸다는 의미로 격상되고 있다.

사랑하는 유부남의 제안으로 함께 미국으로 가려던 주인공이 잠시 고향으로 내려왔다가 결국은 그 남자에게 거절의 편지를 남기고 있는 신경숙의 「풍금이 있던 자리」의 마지막 장면은 이렇다.

이 글을 당신께 부칠 필요 이제 없겠지요. 그래도…… 까치, 까치 얘기는 쓰렵니다. 이 마을에 온 첫날 그렇게 부지런히 둥지를 틀던 까치가 새끼 세 마리를 낳았더군요. 옥수수 씨를 심을 구덩이를 파느라고 산밭에 다녀오다가 봤어요. 먼발치라 자세히는 못 봤지만, 그중 어느 새끼도 눈먼 새는 없는 듯했어요. 세 마리 모두 다 어미가 먹이를 물어오니까 서로 밀치며 소란스럽게 한껏 입을 벌리는데, 입속이 온통 빨갛…… 새빨갰어요. 그 새끼 까치들이 날갯짓을 할 무렵이면 이곳도, 여기 이 고장에도 초여름, 여름……이겠지요. 저기 저 순한 연두색들이 짙어, 짙어져서는 초록이, 진초록이…… 될 테지요. 그때쯤엔, 은선이라는 당신 아이 이름도 제 가슴에서 아련해질는지, 안녕.

소설 전반부에서 고향에 온 주인공은 선뜻 집으로 들어서지 못하고 마을 어귀에서 서성이다가 부지런히 둥지를 틀던 까치 두 마리를 본 바 있었다. 그 까치 부부가 새끼 세 마리를 낳아 먹이를 구해주는 걸 보게 된다. 집에 와서 줄곧, 아버지가 외도를 해서 잠깐 집에 들어와 살 수 있게 된 여자의 세련미에 이끌린 어린 시절을 떠올리던 주인공은 남자의 집안 식구들 생각에 이르러 결국 남자와의 미국행을 단념한다. 위 대목의 까치 일가 묘사는 이 소설이 누군가에게 의존하지 않고 스스로 삶의 주체자로 서는 여성의 자각을 보여주면서 페미니즘의 일단을 연 작품으로 평가받게 되는 데 기여한 결말구성이라고 할 수 있다.

어느 특정한 장면이 인상 깊은 묘사나 서술로 펼쳐져 있다고 해서 그 소설이 성공작이 된다는 보장은 없다. 소설이 별로인데 그 속에 무슨 명장면이 있겠는가. 그러나 습작하는 과정에서는 그렇게 몰아쳐서 재단할 필요는 없다. 어떤 부분을 집요하게 다듬고 고쳐서 참으로 인상 깊게 그려나가는 일은 실은 그 장면을 가다듬는 데만 영향을 주는 게 아니고 소설 전체를 다시 보게 하고 다시 고치게 한다. 자기가 쓰고 있는 소설에서 가장 멋질 수 있다고 생각하는 그 대목을 여러 번 고쳐 써봄으로써 소설 전체를 고쳐 다듬는 힘을 얻고 그 힘으로 마침내 소설을 완성할 수 있게 될 것인즉, 마지막으로 한 번 더 자기 소설의 한 장면을 뽑아 승부를 걸 듯 집요하게 다듬어보라.

제4부

이렇게 쓸 수 있다

20세기
비 오는 날

박덕규

거칠고 야윈 소녀의 손이 그 여자의 허리께에 와 서는 역시 어김없이 머뭇거리고 있다. 뒷골에서 어깻죽지까지 아프게 압박하던 그 손은 언제 그랬냐 싶게 친절한 간호사처럼 부드러워져 있다. 둥글게 둥글게, 그 여자로서는 잘 확인이 되지 않는 상흔이 소녀의 손끝이 만드는 고즈넉한 그림자로 둘러싸인다. 간간이 그 둥근 그림자는 상흔의 중심으로 밀려들다 아예 멀리 벗어나기도 한다. 엉치 쪽으로, 군살이 오르는 옆허리 쪽으로 훑어가던 손길이 다시 요추를 거쳐 흉추로 올라올 때마다, 그 여자는 하초의 모세혈관들이 요동치는 소릴 듣는다. 오래 흠모해온 연인의 첫 손길에 전신의 말초신경이 곤두서서 바르르 떨듯, 간지럽고 따끔하고 찌릿한, 그런 느낌이 그 여자의 허리를 뒤틀게 한다. 이런 감정을 즐길 시간도 처지도 아님에도, 화들짝 오무려지는 자기 몸이 소녀의 손을 뿌리치는 일이 되겠다 싶어 재빨리 몸놀림을 추스르려 해보지만, 눈치빠른 소녀는 쉽게 경직되고 만다.

"상처가 참 오래 간다, 그쵸?" 그때서야 상처라는 말이 정말 아프던 기억을 되살리듯, 허리에 시큼한 통증을 가져온다. 처음 여기에 왔을 때 "10년 전에 생긴 상철걸, 아마……"라고 대답해준 것을 소녀는 그 다음부터 기억해냈다. 실은 소녀의 손이 처음 상흔에 닿아 일깨워주지 않았더라면 그 여자는 자기 몸에 그 상흔이 아직 남아 있는 줄 모르고 지날 뻔했다. 그 후로 간간이 손을 뒤로 해 그 상흔을 만져보는 버릇이 생겼다. "등 뒤에 있으니 누가 보기라도 하겠어, 뭐." 아무렇지도 않게 대답해주지만, 소녀가 예리하게도 그 여자의 몸에 이미 기껍지만은 않은 반응이 나타나고 있음을 눈치채고 난 후다.

그제부터 소녀의 손은 거의 기계적이 된다. 척추를 중심으로 그 양 옆을 두 손 엄지로 힘차게 눌러간다. 소녀의 입에서 "끙끙" 소리가 난다. 그 소리는 기운 빠진 차력사같이 안쓰럽다. 오늘은 물소리도 자주 끊어진다. 아침부터 거리거리를 메운 빗소리가 그 여자의 청각에 울려오길 기대하기에는 여긴 너무 많은 물들에 둘러싸인 깊은 곳이다. "끙……" 그 여자로서도 이젠 그 소리가, 가끔 자신의 알엉덩이에 와 닿는다 해도 냉담해질 수밖에 없다. 소녀의 손이 그 여자의 엉치를 만지고 허벅지와 장딴지를 훑어 내려가는 동안 그 여자는 오히려 점점 싫은 감정이 일고 만다. 안온한 쾌감에 알몸을 전

율하며 내맡긴 잠시 전의 일 때문에 얼굴이 화끈 달아오른다. 왜, 한 개의 손끝에서 두 가지 촉감이 생길까. 그 여자는 자신의 생각이 이제 전혀 다른 방향으로 치달아가는 것을 잘 알지도 못한다. 한 개의 손끝 두 개의 촉감. 쾌감과 치욕이 반복되는⋯⋯.

가령, 비가 내린다고 치면, 그 빗속을 거닐고 싶은 사람이 있고, 얼른 우산 밑으로 처마 밑으로 도망가려는 사람이 있다. 아니다. 비가 내리면, 울면서 젖고, 기분 좋게 옷이 젖고는 다시 울상이 된다. 한 줄기 비 두 가지 촉감. 한 권의 책이 있다. 그 책의 제목은『세상에서 가장 자살하기 좋은 장소』이다. 그 책은『세상에서 가장 데이트하기 좋은 장소』라는 일본 책에서 아이디어를 훔쳐온 것이다. 데이트할 장소로 소개된 걸 몇 개 문장만 바꾸어 멋지게 자살할 장소로 만들어놓은 것이다. 인도 아그라 성에서 멀리 타지마할을 내다보며 사진을 찍는다고 설명하는 대목을, '회랑 난간에 기대 서서 사진을 찍는다' 대신에 '회랑을 뛰어내린다'라고 적었다. 한국의 여러 관광 명소에 대해서는 새로 원고를 쓴 게 많지만 그 역시 다른 유적 답사 책에서 따와 윤문한 것이다.『세상에서 가장 자살하기 좋은 장소』에서 명명한 자살하기 좋은 장소를 보고 실제로 자살한 사례가 두 건이나 알려졌다. 책은 더욱더 잘 팔렸고, 신문에는 도서 윤리 운운하며 시끄러웠다. 사장은 그 책을 더 이상 팔지 않겠다고 기자들에게 알렸고, 그 책은 그 기자들에 의해 더 오래도록 맹렬하게 홍보되었다. 사장이 별 지시가 없는 사이 영업부장은 베스트셀러 집계가 안 되는 서점 주문만 받아들였다. "내가 책 주문 받지 말라고 했잖아! 이건 출판 윤리야, 도서 윤리라구!" 사장은 소리쳤다. 장엄하고 엄숙한 그 음성을 그 여자 회사 사람들은 오래 생각하며 웃었다. 유명 작가들의 재출간 소설에, 그것도 모자라 PC 통신에 연재된 아마추어 작가 소설에 기대기까지 한 오랜 불황 끝에 대형 베스트셀러 하나를 붙잡아 일시에 모든 것을 만회하고는 득의만만하던 사장은 정신적으로 상당한 충격을 받은 것 같은 표정을 지을 줄도 알았다.

사장은 말했다. 자살 책의 열기가 웬만큼 식은 뒤, 비 오는 날이었다. "비 오는 날 하면 뭐 생각나는 거 없어?" 함께 감상에 젖자는 얘기가 아님을 금세 알았다. 아니, 사장과 그 여자는 함께 감상에 젖어도 나쁠 게 하나도 없었고, 실제로 함께 감상에 젖은 적도 많았다. "오늘은 비를 소재로 하는 노래만 부르는 거야." 저급과 고급을 뒤섞는 엉뚱한 말로 좌중을 휘잡는 기술이 사장에게 있었다. "안중근 의사가 옥중에 계실 때 이런 글씨를 남겼잖아요. 하루라도 책을 안 읽으면 입안에 가시가 돋는다. 요즘 말이죠. 하루라도 노래방에 안 가면 입에 가시가 돋는 사람 얼마나 많아요. 독감이 옮아도 좋다, 입안에 가시가 돋게 할 수는 없지 않은가! 자, 가자구! 이게 오늘의 기획회의야." 그 여자도 사장도 뭔가 괜찮은 기획거리가 있을 것 같다고 생각되던 비 오는 날, 그들 회사 사람들은 비에 대한 노래를 불렀다. 우리 처음 만난 날 비가 몹시 내렸네 쏟아지는 빗속을 둘이 마냥 걸었네…… 이 빗속을 걸어갈까요 둘이서 말없이 갈까요…… 그 여자는 두 번째로 노래했고, 사장도 못 이기는 체 다음 순서를 잇기 위해 마이크를 잡았다. "파하하, 이게 아닌데…… 푸하하하, 이은하 봄비, 이은하…… 아니아니, 그냥 부를게." 악을 쓰며 신중현 작곡 김추자 노래의 저 유명한 「봄비」를 부르는 사장의 그런 유의 젊음에 그 여자는 익숙해져 있었다. 그것을 알아차리고 직원들 보는 데도 사장은 틈틈이 긴한 얘기인양 그 여자의 귀에 뜨거운 김을 불어넣는다. 자연스럽다. 어제는 비가 내렸지 키 작은 나뭇잎새로 맑은 이슬 떨어지는데 비가 내렸네 우산 쓰면 내리는 비는…… 하고 불려지는 사이 사장은 속삭였다. "윤형주의 「어제 내린 비」지, 저건. 이거 봐, 민 여사. 이건 20세기 비 노래 총집합 아니야? 이런 거 가지고 뭐 좋은 꺼리 떠올려보라구." 20세기 비 노래, 비 오는 노래, 비 오는 책, 비비비…… 그런 생각 사이로, 빨간 우산 파란 우산 찢어진 우산, 그런 노래까지 노래방 기계에 입력이 되어 있는 줄 처음 알게 되었고, 봄비 따라 떠난 사람 봄비 맞으며 돌아오네 그때 그날은 그대 그날은 웃으면서 헤어졌는데…… 진짜 이은하의 「봄비」가 불려지고…… 레인 드롭스 킵 폴링 온 마이 헤드…… 창고에서 아르바이트를 하는 괴짜 청년이 일부러 혀를 꼬부려가며 노래를 불렀고, 사장은 다시 속삭였다. "쉘부루 가서 더 얘기하지." 갑자기 귓바퀴 작은 솜털들이 일제히 일어서는 게 느껴졌다. 보슬비 오는 거리에 추억이 젖어들어…… 영업부장의 허스키한 목소리 흉내…… 모두들 노래 없었으면 입안에 가시가 돋칠……

몸을 돌려 누운 그 여자의 얼굴을 소녀는 작은 두 손으로 톡톡톡 톡 두드리고 있다. 살구 냄새 짙은 오일로 얼굴 전체를 발라 부드러운 마사지…… 두 눈가로 둥글게 둥글게 동그라미를…… 참으로 용한 시각장애인이다. 두 번째로 안마를 받으려 한 날, 시각장애 안마사라도 괜찮느냐는 주인의 물음에 고개를 끄덕인 것이 인연이었다. 날이 궂으면 찾는 그 여자를 알아보고 성심껏 무릎을 굴려 안마에 열중한다. 주인의 말로는 밤에는 남자들의 안마시술소에 나간다는 억척이다. 비 오는 날을 위한 새로운 기획물…… 그런 조바심 속에서도, 날 궂고 비 내리면, 없는 시간 사이로 사우나로 도망갈 생각부터 하는 그 여자를 소녀는 눈꺼풀을 바들바들 떨면서 맞이했다. "비가 그치나 본데요." 소녀는 그 여자로서는 들을 수 없는 빗소리를 듣고 있다. 그 여자는 갑자기 묻는다. "비 오는 날이면, 뭐 생각나는 거 없니?" 소녀가 손놀림을 멈춘다. 내친 김이다 생각한다. "이런 날 뭘 사고 싶거나 가지고 싶거나 한 거 있니?" 소녀가 "해" 하고 웃는다. 그 여자가 눈을 뜨고 올려다보니 약간 튀어나온 윗니 두 개가 틈새를 벌리고 드러나 있다. 그 여자는 더 진지하게 덧붙인다. "눈은 말고…… 정말 꼭 가지고 싶은 거."

그러자 소녀는 자기에게도 눈이 있다는 듯이 눈꺼풀을 밀어내고 흐린 눈동자를 반쯤 내보이며 깜짝깜짝거린다. "음…… 정말 꼭 가지고 싶은 거, 있어요. 빠알간……" 할 때 그 여자는 그냥 우산을 생각했다. 나갈 땐 꼭 우산을 챙겨가야겠다고 생각한 그 여자는 아직 자신이 건망증하고는 관련 없는 사람이라는 걸 믿는다. 그런데 소녀는 말하고 있다. "……자가용." 빨간 승용차를 가지고 싶은, 눈먼, 16세 소녀 얘기를 그 여자는 단 한 번도 생각해본 적이 없다. 그 여자는 왠지 자신의 가장 깊은 곳에 감춰진 욕망이 빨간 색깔로 다 드러나는 듯하다. 밀려드는 초조감에 더 견딜 수 없어 몸을 일으킨다. "빨간 자동차를 몰고 비 오는 길을…… 빨간 엘란트라나 빨간 아벨라……" 소녀는 그런 유의 말을 다 끝낼 수 없는 자신의 처지를 알면서도 끝까지 말하고야 만다. "밤에 손님들한테 한번 태워나 달라고 부탁할까봐요, 야단맞을 각오하고요……"

"보슬비 이슬비 이런 건 시나 노래가 되고, 소나기 폭우 이런 건 소설이 되지." 단편소설 모음집 『20세기 비 오는 날』에 수록되었으면 하는 「봄비 오는 날」을 쓴 작가는 그런 말로 소설가의 우월성을 강조했다. 거나하게 취해가는 목소리로, 문학이란 게 현세의 이익을 초탈해야 이룰 수 있는 경지의 것이야, 하고 떠드는 걸 작가적 자존심으로 알고 있는 사람임에 틀림이 없었다. 그나마 간신히 찾은 작품이었다. 우리나라의 현대 단편소설 중에서 비와 관련 있는 작품들을 한 권의 책으로 엮겠다는 기획은 일견 쉬워보였지만, 막상 작품이 그리 많지 않았다. 비 오는 날, 했을 때 우선 떠올리게 되는 것이 황순원의 「소나기」 정도였다. 그 여자가 드라마로 보았다가 나중에 읽게 된 윤흥길의 「장마」는 중편 길이로 기억되었는데,

그 작품이 의외로 중요하다는 평가여서, 작품 편수가 모자라면 반드시 넣어야 할 것 같았다. 그 여자는 남편의 등을 두들겼다. "왜 더 있지." 하던 남편도 막상 떠올릴 게 별로 없는 모양이었다. "최근에 어떤 여성작가가 「빗소리」라는 소설을 썼지? 현장 비평가들이 뽑은 우수소설 모음에 재수록된 걸 봤는데…… 시시껄렁한 노동자를 애인으로 둔 역시 시시한 어떤 가게 여점원이 그 애인 때문에 애태우다가 빗소리에 고즈넉해지는 거…… 풍성한 모성애로, 산업사회 속에서 거세된 남성성을 감싸안는다고나 할까……" 이틀 후 그 여자의 남편은 다시 말했다. "김유정한테도 「소낙비」 아니 「소나기」일 거야, 그런 게 있었던 거 같애." 그때서야 그 여자는 "왜, 형, 「비 오는 날」이라는 작품 알잖아? 그거 쓴 사람 누구지?" 하고 물었다. 그 여자의 남편은 아무 대답도 없었다가, 다시 이틀 후, 일제 때 평양 살던 최명익이라는 작가가 쓴 단편 「비 오는 길」을 복사해왔다. 한 직원이 60년대 신문을 뒤적거려 찾아낸 한 여성지 현상공모 당선소설 「폭우 속으로」를 얻은 것이 고작인 그 여자로서는 그저 막막했다. 그 무렵, 지방 신춘문예 당선작으로 뽑힌 게 있다는 한 문학평론가의 귀띔으로 알게 된 게 「봄비 오는 날」이었다. 사장은 전주 사는 자기 친구에게 전화를 걸어 1970년 후반 그 지방 신문 신춘문예 당선작들을 알아 달라고 부탁했다. 한 편이 복사돼 올라왔다. 월남전에 참전했다가 사랑하던 베트남 여인과 이별하고 팔 하나를 잃은 몸으로 돌아온 한 남자가 거의 폐인처럼 거리를 떠돌다가 어느 봄비 오는 날 아주 못생긴 창녀 아줌마가 차려주는 술상을 받고는 하루를 함께 새게 된다는 줄거리였다. 서울 근교에 와서 고교 국어교사로 있게 된 그 작가는 스스로 배포가 큰 사람이라는 걸 기분좋게 인식하는 사람이었다. "내가 월남 갔다 왔지만 전쟁 말기에 한 달간뿐이라 꽁가이들 울릴 시간은 아예 없었고…… 그러니까 월남 얘긴 다 상상력이지요. 원래 이 소설은 이런 한시를 읽고 구상한 거요. 큼큼…… 봄밤에 부슬비 내려 지붕 처마엔 물 흐르는 소리 들리니, 노자가 평생토록 이 소리를 사랑했다네……" 원제도 모르고 지은이도 모른다는 한시를 우리말로 잘 읊조리면서도 정작 비에 관한 소설 한 편 얘기하는 게 없는, 소설의 배포를 자랑하던 중늙은이 무명작가는, 하지만 우습게 보다가는 큰코 다칠 사람이란 것을 갑작스런 기억력으로 당당하게 일러주었다. "베옷으로 몸 가리고 등불 돋우며 잠도 이루지 못한 채, 아내와 마주 앉아 주고받으며 두세 잔 거퍼 들이키네…… 캬, 그렇지. 이 시는 조선시대 광해군 때 권필이라는 분이 지었어요. 권필, 알아요?"

돌아오는 차 안에서 사장은 말했다. "민 부장, 저런 국어교사가 철학도 낭만도 뭐도 배울 수 없는 한국의 청소년들에게는 아주 깊은 감명을 준다구. 나도 중3 때 국어선생이 시인이었는데 진도 나갈 생각은 안 하고 마냥 시만 읽어준단 말이지. 난 공부도 싫고 시도 싫은 딴따라였으니까, 진도 나갈라고 하면 선생님, 시 한 편 읽어주이소, 이러고, 시 얘기 한참 하고 있으면 진도 나갑시다……" 중

늙은이 무명작가가 읊은 시 구절에 어떤 감동을 느꼈는지 그 여자는 어색하게나마 남편과 마주앉은 술자리를 한 적이 무척 오래되었다는 서글픈 감정이 들었다. 아니다. 그 여자는 베트남에서 사장에게 날아온 편지 얘기를 비 오는 날 쉘부루에서 들었다. 그 때문에 사장 집에 일진광풍이 몰아치고 있었고, 사장은 나날이 수척해지고 있었다. "그러다가 우리 시인 선생님 갑자기 슬리퍼를 벗어 쥐더니 시를 우롱했다고 소리치면서 내 뺨을 쌔리는데…… 그날 뼈도 못 추렸지…… 그날이 비가 오는 날이었나 어쨌대나…… 지금도 비 오는 날만 되면 그 선생님 멋있다고 회상하는 동창들이 있어요." 남편 생각 사장 생각에 눈물이 글썽여지던 그 여자에게서 깔깔깔 웃음이 샜다. 갑자기 그 여자는 사장의 머리를 껴안아주고 싶었다. 사장은 운전을 하다 말고 한 손으로 그 여자의 코를 쥐었다 놓으면서 윙크를 했다. "이제 한두 편만 더 찾아보라구. 좀 멜랑꼴리한 그런 거, 비 오는 날인데, 푹푹 젖고 눅눅하고……, 김유정 「소나기」그것도 비 오는 날 소작농 마누라 슬쩍 따먹는 얘기라 에로틱하긴 하더라만, 좀 현대적인 에로틱, 그 뭐 매조히스틱한 것도 좋겠고, 그런 거 좀 없겠어?" 문득 등쪽이 짜릿해왔다. 오래된 무슨 상처가 도지는 것 같은데, 갑자기 한 점 한 점 빗방울이 차창에서 부서지고 있었고, 간지럽고 따끔따끔한 느낌 때문에 견딜 수 없어 손을 등으로 돌려 어색한 자세로 긁어대야 했다. 불쑥, "베트남에 한번 다녀와야겠어."라며, 동행할 의사가 있느냐는 듯이 사장이 돌아봤다. 자신이 뿌린 씨앗을 보러가면서 엄연한 유부녀에게 같이 가자고 하는 건데도 솔깃해지는 자신의 심리를 그 여자는 잘 알 수 없었다.

정작 상처가 제대로 도진 건 그 여자가 정말 바라지 않은 쪽에 있었다. "김 선생이 정리해주면 되겠네." 사장은 그 여자의 남편을 알고 있었다. 그 여자가 근무하던 전집 출판사가 부도가 나서 허탈해져 있을 때 그 여자를 사장에게 소개한 이가 그 여자 남편이었다. 취직이 더 필요한 사람은 그 여자 남편 자신이었음에도. 그 남편이 비 오는 날의 작품에 대해 상당한 정보를 그 여자에게 주었다는 걸 사장은 알고 놓치지 않았다. 「비 오는 날로 본 20세기 한국소설」, 이런 제목으로 해설 삼아 달아주십사는 제의를 그 여자 남편에게 전하게 한 것이다. 그 여자의 남편은 한때 문학평론을 하는 선배를 도와 '만화로 보는 한국의 명작소설 시리즈'의 극화에 필요한 작품 해석문을 작성한 적이 있었다. 그 여자의 남편은 노트북에 입력된 그때의 자료를 불러냈다. 황순원의 「소나기」, 손창섭의 「비 오는 날」, 윤흥길의 「장마」 세 편이 자신이 만화가에게 제공하는 작품 해석문들 중에 포함되어 있음을 그 여자 남편은 노트북을 열기 전에도 알고 있었다. 그 여자의 남편은 끼워넣기 방법으로 그 세 편을 새로운 한 파일로 몰아넣었다. 그러고는 아직 다 읽지 못한 작품 복사물을 뒤적거려 수록작품 제목들을 연대별로 입력하기 시작했다. **최명익 「비 오는 길」. 김유정 「소나기」. 황순원 「소나기」. 손창섭 「비 오는 날」. 윤흥길 「장마」. 박진수 「폭우 속으로」. 김종식 「봄비 오는 날」. 이청해**

「빗소리」. 다시 커서를 첫머리로 옮겨 이렇게 제목을 달아 보았다.
「20세기 비 오는 날 한국에선 무슨 일이 있었나」.

그 여자의 남편은, 대학 시절 중학교 교과서에서 읽은 감동적인 단편소설 「소나기」의 저자가 이웃 학교에 교수로 계신다는 사실을 알고 친구를 따라 그 강의실로 찾아들던 때를 또 한번 기분좋게 회상했다. 이어 지난해 만화 극화를 위해 작품 해석문을 써주고 받은 두둑한 용돈 봉투가 떠올랐고, 아내가 하는 이번 일에는 용돈이 없을지도 모른다는 생각이 들었다 금세 꺼졌다. 그 여자의 남편은 자신이 입력해둔 원고를 읽어가기 시작했다. 소나기/황순원. 〈1〉 작품 배경 : 1952년 작. 해방 후의 어느 농촌 마을. 일제 후유증이나 6·25의 상처 등 역사적 환경이 거의 배제되어 있는 토속적인 시골 공간. 가을. 〈2〉 요점 : 중학교 교과서에 장기간 실리고 있는 유명한 소설. 사람의 심리를 외부 묘사로 드러내는 간결한 문체로, 소년의 순박함과 소녀의 새침스러움을 대비시키면서, 성에 눈뜨는 소년기의 이성에 대한 사랑의 감정을 절묘하게 표현하고 있다. 〈3〉 유의 : 외부 묘사를 통해 감정의 변화를 드러낸다는 점이 서정적이고 토속적인 농촌 환경을 배경으로 잘 표현되어야(작품에서 줄친 대목들이 시험 문제에도 잘 나오는 것인 만큼 꼭 묘사해두어야) 한다. 〈4〉 스토리 요약 : 소년은 개울가에서 윤초시네 증손녀딸을 만나지만 말없이 지나간다(윤초시네 손자가 서울에서 사업에 실패, 고향집에 돌아오지 않을 수 없게 된 것). 다음날, 소년은 개울가에서 세수하는 소녀를 본다. 소녀가 소년의 수줍음을 비웃는 듯 조약돌을 던지고 달아나자 소년은 그 조약돌을 집어 주머니에 넣는다. 다음날부터 소년은 개울가에 나오지 않는 소녀 때문에 마음 허전해 한다. 그러던 어느날, 소녀가 뒤에서 자기를 보고 있다는 걸 알고 부끄러워 달아나기 시작한다…… 줄거리를 줄이면서 문학사적인 얘기를 여기저기서 뽑아 끼우면 대충 되겠다 싶었다.

다음은 비 오는 날/손창섭. 「잉여인간」, 「혈서」 등으로 이름날리며 70년대에 이미 개인 전집까지 냈을 정도로 큰 작가였던 전후작가가 손창섭이었다. 그중에서 「비 오는 날」은 6·25 피난지 부산, 어둡고 질척거리는 장마철을 배경으로 전쟁으로 인해 인간성이 파멸된 정황을 한 피난민 오누이 이야기로 그리고 있는, 손창섭 것으로서는 비교적 스토리가 분명한 소설이었다. 그 여자의 남편은 「비 오는 날」의 장면 장면을 눈에 본듯이 상상할 수 있었다. 그 주검처럼 괴괴하고 황폐한 오누이의 집. 비 오는 날, 때로는 그 집의 방문자로, 때로는 그 오누이 중 하나로, 그 여자의 남편은 그 눅눅한 폐허의 집을 내왕할 수 있었다. 하지만, 그 여자의 남편은 재빨리 커서를 이동해 윤흥길의 「장마」와 만나고 말았다. 장마/윤흥길. 아이의 눈을 빌려 6·25 당시 좌우익으로 갈린 친가 외가의 비극과 그 화해를 그리고 있는 작품이었다. 죽은 것이 분명한 빨치산 삼촌이 돌아온다는 그날 삼촌 대신에 구렁이가 찾아오는 장면으로 남북 분단 비극의 샤머니즘적 극복을 암시함으로써 한국 6·25문학의 새로운 장을 열게 되었다는 어느 평론가의 해석을 적절히 끌어올 속셈이 섰다. 그 여자의 남편은 다시 「비 오는 날」을 불러 뭔가 두들겨보고는, 뒤로 물러앉아 자신이 읽지 못한 복사물들을 들고 벌렁 누웠다가, 슬슬 아파오는 머리를 한 손으로 꾹꾹 눌러보며, 또 「비 오는 날」을 펼쳤다. 그 여자 남편이 손창섭의 「비 오는 날」을 처음 읽은 게 재수하던 해 장마지던 여름이었고, 지리멸렬하게 한 나라가 찢겨가기 시작하던 대학 4학년 1980년 봄 이름난 계간지에 보낸, 그 소설 분위기를 처참한 약소국민의 심정으로 되살려 쓴 시 「비 오는 날」 외 아홉 편의 시가 정식으로 추천되게 되었다는 연락을 받은 것이 그해 여름이었고, 그 여름 그 이름난 잡지는 당시 국보위가 조치한 언론통폐합에 걸려 신인 추천시 「비 오는 날」이라는 시를 품에 안은 채 폐간되고 말았으며……

그 여자가 남편의 우울증이 도진 것을 안 것은 바로 그 파일 때문이었다. 어렵게 여덟 편 소설의 재수록 수락을 받아내고 페이지까지 확정해서 여름 시장에 내놓을 상품으로 준비하고 있었지만, 남편이 써주어야 할 해설이 문제였다. "민 부장, 김 선생이 너무 바쁘면 아예 문학평론가한테 청탁을 하지 그래. 지금 당장 청탁해도 다음 달까지 글 받기 어려울 텐데." 그 여자로서는 좀 당돌하게 사장의 얼굴을 쳐다보았다. 이혼 문제로 집안이 시끄러운 걸 인내하느라 퍽 수척해진 걸 알면서도 사장에 대한 연민의 정을 잠시 밀어내 버렸다. "다 써가던데요. 제가 잘 하고 있나 어쩌나 매일 노트북을 열어보거든요." 그러나 그게 아니었다. **비가 문학적 상상력을 자극**

하는 아주 빛나는 소재가 될 수 있다는 일차적인 생각을 지나, 우리는 '비'라고 하는, 그 문학적 상상력의 좋은 모티프를 이제 일세기가 되는 한국 현대문학을 통시적으로 설명하는 동기로 삼을 수 있겠다고 생각하였다. 실제로 여기 실리는 상당수 작품들이 이미 한국 문학의 한 시대, 한 세대를 대표해왔음을 누구나 인정하겠거니와……이런 식으로 글의 서두를 잡아, 최명익의 「비 오는 길」부터 이청해의 「빗소리」까지, 줄거리를 그런대로 잘 요약하면서 하나하나 그 작품이 가지는 의미를 설명하고 있었는데, 그 중간에 한 대목 손창섭의 「비 오는 날」 해설 지점에, 파일을 열어볼 때마다 내용이 바뀌는 해설 아닌 이상한 글이 한 페이지씩 들어찼다가 사라지곤 하는 것이었다. 글 제목 「20세기 비 오는 날 한국에선 무슨 일이 있었나」가 「20세기 비 오는 날 어떤 일이 있었나!」로 바뀐 게 하나의 낌새였을까, 남편의 병은 정말 오랜만에 도지고 있었다.

20세기 비 오는 날 어떤 일이 있었나! 비 오는 날, 비 오는 날……1981년 여름, 하사관 훈련을 마치고 휴가를 받은 나는 맨먼저 그녀를 찾아갔다. 그녀는 내 가슴에 얼굴을 얹고 말했다. "형, 형이 작년에 그 잡지가 폐간되지 않고 정식으로 시인이 되었으면 시인 된 기념으로라도 3년은 더 살려고 했겠지?" 우리는 서로의 뜻이 같음을 알고 환희에 차서 서로의 몸을 깊이깊이 나누어가졌다. "그랬을지도 모르지. 하지만 그랬으면 너랑 헤어졌을지도 몰라." "잘 됐어,

형. 어차피 나도 이런 세상엔 살고 싶지 않았으니까." 그녀는 아버지에게 머리 깎인 데가 더 잘 보여도 상관 않는단 듯이 머리칼을 쓸어 올렸다. "인간이 살 수 있는 데가 아니야, 여긴." 그녀에게 마지막 키스를 했다. 그리고 우리는, 그녀가 아버지에게 감금된 중에도 몰래 모아온 바륨을 서른 알씩 나누어가졌다. "후회 없지?" 내가 물었을 때, 그녀는 웃었고, 정말 후회 없는 빛이었다. 그 웃는 얼굴은 너무 아름다워 눈이 부실 정도였다. 우리는 약알을 입에 털어넣었고, 서로 한 손을 꼭 잡았으며, 물을 마시기 시작했다. 탕탕탕……
"순영이 이년, 어서 문 열어, 어서!" 헛간 문이 부서지는 소리가 들린 건 그때였다. 나는 일시에 몰려드는 두려움에 벌벌 떨고 있었다. 그녀의 손이 미친듯이 내 손을 잡고 쪽문 쪽으로 끌어당겼다. 나는 그녀를 안고 쪽문 밑으로 기어서 밖으로 빠져나갔다. 비가 쏟아지는 산길로 우리는 달려가기 시작했다. "순영아! 순영아!" 우리는 우리의 영원의 세계로 달려오는 추적자의 발길을 뿌리치기 위해 비탈길을 마구 달려갔다. 간신히 얕은 구릉을 넘어서려 할 때였다. 그녀의 손에서 힘이 빠지면서 그녀 몸이 비탈 아래로 처져가고 있었다. "순영아, 안 돼!" 나는 입 안에 든 알약을 내뱉으며 소리쳤다.

이건 새빨간 거짓말이었다. 다만, 남편과 함께 같은 잡지에 등단하기로 되어 있던 신인이 역시 시인이 되지 못한 충격으로 애인과 정사를 시도해 동반 자살에 성공했다는 소문이 있긴 했다. 사실은, 민순영은 그 여자의 이름이었으며, 남편은 군대를 실형 6개월에 해

결했다. 남편은 자신을 시인으로 올려줄 그 잡지가 폐간된 일로 몹시 괴롭다고 그 여자에게 고백했다. 시인 지망생이었지만, 써클 후배 여학생들의 열렬한 흠모 대상이 된 것은 정작 남편의 그 어눌한 듯하면서 박학다식하고 친절한 말솜씨 때문이었다. "나는 써클을 탈퇴하겠어!" 남편은 지하로 잠입했고, 출석 미달로 졸업이 연기된 이듬해 입대를 앞두고 체포되었다. 그 여자의 집에서. 문리대 앞에서 한 학생이 동맥을 끊으며 전단을 뿌리고 외치기로 한 날 남편은 자신의 선동시를 앞세운 전단을 가지고 그 여자의 자취방에 숨어들었다. 그 여자는 급하게 서두는 남편에게 비로소 몸을 허락했다. 몸을 씻고 다시 한번 알몸이 되었는데, 그때 형사가 급습했고, 남편은 화장실로 숨었으며, 형사는, 옷도 다 추스르지 못하고 이불을 감고 돌아서 있는 그 여자의 등을 구둣발로 내리찍으며 소리쳤다. "이 새끼 어디 갔어!" 밖에 비가 내리고 있었다는 걸 안 것은 형사의 구둣발에 묻은 흙을 보고서였다.

이 일을 회상하며 그 여자는 몇 번 웃은 적이 있다. 발기된 성기가 채 사그라들지 않은 채로 남편은 화장실로 뛰어가고 있었던 것이다. 그럴 때면, 처음으로 이성의 몸에 의해 들뜬 육체가 구둣발에 찍혀 허리가 끊어질 듯 아프던 기억이 그 여자를 자극하고는 했다. 남편의 병을 안 것은, 지독한 고문에 시달린다는 소문을 헤집고 멀쩡하게 나온 남편이 대견해 연민에 그득차 동거에 들고 나서도 한참 뒤였다. 그때와 같은 남편의 발기도, 그 여자 육체의 눈뜸도 언제 있었느냐는 듯이 기억 속으로 사라져 갔고, 정형외과 1년 통원 치료에 3년 침으로 지탱해온 그 여자 허리의 통증도, 딱지가 앉았다 떨어지곤 하던 그 상처도, 결혼을 허락받으러 간 그 여자 머리채를 가윗날로 자르다 쓰러져 영영 못 일어나게 된 그 여자 아버지의 갑작스런 뇌졸중도, 서서히 기억 속에 잠겨버렸다. 일 년에 열 달 정도 멀쩡하다가 한두 달 횡설수설하는 비범한 인재는, 윤문가로 문학평론가로 영문 일문 번역가로 많은 글을 고치고 썼지만, 자신의 이름을 달고는 한 번도 글을 발표한 적이 없는 사람이었다. 그가 스스로의 이름을 단 글을 내밀면 모두들 이해할 수 없다는 표정을 지었다. 소설이 무슨 격문 같고, 문학평론이 아주 극적인 드라마 같았다. 그리고 멀쩡할 때 쓴 멀쩡한 글은 언제나 미완성일 뿐더러 자신의 이름으로 내세우지 못하게 하는 이상한 고집마저 있었다. 이번에도 어쩔 수 없었다. 그 여자는 남편이 「비 오는 날」 앞에서 창작한 대목을 지워버렸다. 그러고는 남편이 만화 극화를 위한 해석문으로 써놓은 말들을 옮겨와 이리저리 조합했다. **6 · 25가 남긴 비극을 월남한 오누이의 불구적인 삶과 비 오는 날의 일그러진 환경을 통해 보여주는**…… 글의 제목도 「비 오는 날과 20세기 한국 소설」로 바꾸었다. "이 개 같은 년이 내 원고를 다 지워놓았잖아……!" 남편의 비명이 들려온 건 그날 밤이었다. 자기 이름으로 그 「20세기 비 오는 날 어떤 일이 있었나!」를 발표하고야 말겠다는 남편의 고집을 그 여자는 꺾을 수밖에 없었다. "이런 개새끼들이, 내 시를 다 짤라갔잖아!"

제4부
이렇게 쓸 수 있다

오랜만에 들어보는 그 말이 그 여자에게 잠시 잠깐, 현기증 이는 어떤 그리움을 느끼게 했다. 그리움…… "아니, 이러면 노트북이 비에다 젖는데…… 이불 어딨지?" 남편의 얼굴에서 가셔지는 핏기가 보였다. 비로소 바지 밖으로 툭 불거져 나와 있는 남편의 몸을 보며 그 여자는 언제나처럼 허물어져 그 몸을 안고 울며 쓰다듬기 시작해야 마땅했으나…… 그 여자는, 그 여자는 이번에는 "악!" 하고 소리지르며 자신의 머리칼을 마구마구 쥐어뜯었다. 고개를 든 그 여자는 발작적으로, "나 월남으로 가버리고 말 거야!" 하고 소리질렀고, 한동안 자신이 무슨 소릴 쳤나 알지 못하고 서 있었다.

저절로 낫곤 했던 관행이 남편의 병을 지켜보는 그 여자를 안심시킬 수 있었지만, 실은 근원도 잘 알 수 없는 자신의 병이 진짜 도진 건지도 모른다는 생각이 그 여자를 초조하게 한다. 사우나에서 돌아온 그 여자는 경리과 송양에게 커피를 청해 마시고는 내내 『20세기 비 오는 날』 최종 교정쇄를 만지작거렸다. 책 표지 문제로 디자인 회사에서 온 전화를 두 차례나 받고, 지업사에서 온 결제 독촉 전화를 한 번 받으며 오히려 마음의 안정을 찾았다가, 결벽스럽기로 소문난 작가라 그 여자가 초교부터 만진 황순원의 「소나기」에서 오자 두 개나 발견하면서부터 왠지 더욱 초조하게 된 상태다. 그 여자는 그러면서도 가능한 한 다른 작품 쪽을 뒤적거리다가 또 탈자 하나를 짚어내고는 견딜 수 없어 해설 쪽을 펼쳐들었다. PC 통신

출신의 아마추어 작가 소설집에 이어 두 번째로 남편의 이름 대신에 쓰인 **민순영(본사 기획부장)**이라는 글자를 모른 체 빨리 넘어간다. 손창섭의 「비 오는 날」도 큰 무리는 없는 것 같다. 다만 "매조히스틱한……" 어쩌구 했던 사장 말이 떠올라, 주인공 동욱과 동옥을 해설하는 대목에다. 누이를 학대하는 동욱의 새디즘적인 태도와 그를 묵묵히 받아들이는 동옥의 마조히즘적인 태도를 대비하려는 뜻으로 몇 마디 수정해둔다. 또, 전화가 걸려온다.

잔잔하고 품위 있는 팝송이, 텔레비전 토크 프로그램 전속 악단 키보드로 활약한 바 있는 여자 싱어의 생음악으로 거듭 이어지는 셀부루에서 와인 두 잔에 반쯤 젖은 그 여자를 안고, 사장은 익숙하게 호텔로 이끌었다. 『20세기 비 오는 날』. 어쩌다가 이런 책을 기획했는지 알 수 없다. 어쨌거나 그 여자의 입에서 최종적으로 "20세기 비 오는 날!"이라는 제목이 말해졌을 때 그 여자의 입에다 키스를 한 게 사장 자신이었다. 그리고 소리쳤다. "이건 일억 원짜리 기획이야, 민 여사!" 게다가 쓸데없이 지방 무명작가를 만나러 갔다가 온 게 결정적이었다. 월남에서 태어나고 자라 스물네 살이 되어버린 라이따이한 아들을 이제 와서 어쩌란 말인가. 빌어먹을, 베트콩이 더욱 기승을 부리는 월남의 눅눅한 우기를 생각한다. 사진관업을 하는 삼촌을 따라간 월남의 메콩강가에서 호기롭게 낚시를 해보려다 총 소리에 쫓겨 든 숲 길에서 만난 아오자이에게 내질렀던 스무 살 젊은 혈기가 봇물터진 사랑으로 이어질 줄을 신이라도 알

앉을까. 쳇, 사랑이라니! 도대체 내 인생에 사랑이 다 무언가. 내 인생 20세기 후반 반세기에 결코 사랑은 없었다. 사장은 지난밤에 아내가 보는 데서 월남에서 온 아들의 사진을 찢었다. 대신, 미국 가서 책 구경이나 실컷 하고 오려는 자신의 갑작스런 계획에 대해서는 아내의 동의를 얻었다. 1년 동안의 가정 불화가 그렇게 식을 수는 없었지만, 그게 최선이었다. "후유!" 사장은 그 여자가 목욕탕으로 들어간 사이 담배 연기를 길게길게 내뿜는다.

사장은 다만, 어떤 인생사고 어떤 피하지 못할 운명이 있을 수는 있겠다고 생각해본다. 삼촌의 사업을 이어 우유 대리점 몇 개를 쌓아올린 것을 고스란히 출판에다 꼬라박은 게 자신으로서는 그런 피하지 못할 운명인 건지도 몰랐다. 하지만 그건 분명 잘못된 운명…… 월남전 이야기를 끄적거려, 베트남전 소설 『정글의 사랑』을 쓴 이성민 씨를 찾아간 게 잘못된 운명의 시작이었다. "소설작법 책 읽었어요?" 하던 작가의 질문에 충격을 받고 "요시!" 하고 외친 어리석은 운명의 노예가 자신이었다. 보란듯이 유명작가를 찾아 다니며 재출간 소설에 열 올렸고 결국 우유 대리점 몇 채 값을 날렸다. 한 채 두 채가 문제가 아니다. 문제는 아직 자신이 잘못된 운명의 길을 가고 있다는 사실…… 도대체 20세기 한국 소설을 정리해서 어쩔 셈인가. 어떤 문학평론가가 책 잘 냈다고 칭찬해줄 건가. 신문기자들이며 방송 스크립터들은 재미있는 책이라 떠들어댈 테지만, 그건 이게 잘 팔릴 게 아닌가 하고 잠시 흥분시켜줄 일도 되지 못함을 이젠 통박으로 때려잡고 있다.

"민 여사! 미국 가서 바람이나 쐬고 오자, 우리." 긴 수건으로 대충 알몸을 가리고 나오는 그 여자가 젖은 머리칼을 큰 동작으로 뒤로 쓸어 올리곤 쳐다본다. "예? 미국은 왜요?" 그 여자는 사장의 입에서 베트남이 아니라 미국이라는 말이 나왔음을 분명히 인식했다. "요즘 김 선생 소설 잘 쓴대지? 「21세기 비 오는 날」 어때? 김 선생 쓰고 싶은 거 쓰도록 그냥 놔두고 나중에 제목을 그렇게 붙이는 거야. 뭐 크게 달라지는 게 있겠어, 21세기라고 큰일 있을 거냐구. 사람들은 그냥 옛날 얘기 다 잊어 먹고 똑같은 얘긴데도 다가올 이야기다 하면 좋아들 하는 거 아냐?" 베트남 가자는 말과 미국 가자는 말은 다르다. 베트남 가자는 얘기는 상처를 안으러 간다는 거고, 미국 가자는 얘기는 상처 따윈 그냥 다 잊고 즐기러 가자는 것이다. 그 여자의 몸이 미리 그걸 알았고, 그리고 그녀에게 알리기 위해 조금씩 떨기 시작한다. "20세기는 어떡하구요?" 그 여자는 자신의 질문이 얼마나 멍청한 건지 말을 하면서 서서히 느낀다. "그냥 덮어두지 뭐, 20세기는…… 21세기라고 비 안 오겠어?" 그 여자는 무슨 비바람 소리 같은 게 귓속으로 회오리바람처럼 파고드는 것 같아 잠시 눈을 감았다. "김 선생이 너무 횡설수설하면 그냥 두고…… 왜 그 친구, PC 통신 작가한테 부탁해보는 것도 괜찮겠고."

그 여자는 침대로 달려와 자신의 속옷을 집어든다. "뭘 그래?" 사장은, 아이를 낳은 적이 없어 나이보다 탱탱한 그 여자의 유방

쪽으로 손을 내뻗으려다가 그 여자의 팔에 돋은 오돌도톨한 소름을 보고는 움찔한다. 그 여자는 경황중에도 옷 입는 모습을 감추기 위해 다시 목욕탕으로 피해야 하는 여자의 운명이 싫어 악, 하고 소리를 치고 싶어진다. 그 여자는 허리가 욱신거려와서 견딜 수가 없다. 지금이 몇 시일까? 몸이 후들거린다. 알 수 없다. 오랜 상처에 다시 빠져 허우적거리는 남편을 외면하고 뛰어나와 몸을 맡긴 이 불륜의 남자에게 무얼 바랐던가. 발기한 남편의 몸을 치욕스럽게 여기고 돌아선 그 여자는 지금껏 다른 남자의 발기한 몸을 받느라 많은 땀을 흘렸다. 한 줄기 비 두 가지 촉감. 그 여자는 핸드백도 잊어버리고 문을 열고 방을 빠져나간다. 사장은 그 여자의 핸드백을 들고 뒤따라 나서려다가 살짝 융기하려다 만 자기 성기를 보고 픽, 웃음을 터뜨린다. "씨팔, 딴 여자를 찾아야겠네……" 술김에 서로 처음 몸을 섞었던 지난 봄비 오던 날 이후 겨우 기회를 잡은 건데…… 한때나마 자기 인생의 또 하나의 모성이 되어준 그 여자를 이젠 생각하지 않기로 한다. 그러다가 사장은 급하게 속옷 나부랭이를 안고 목욕탕으로 가던 그 여자의 등에 나 있던 이상한 반점을 떠올린다. 때를 밀어주듯 등허리를 쓸 때부터 그 여자가 몸을 요란하게 풀썩거린 것 같다는 생각이 든다. 가슴 안쪽이 아려온다. 자기 손에 사진이 찢긴, 의외로 콧날선이 뚜렷한 핏기 없는 아들의 얼굴이 그 여자 알몸 위에 겹치다가, 소말리아 굶주린 아이들처럼 눈이 크고 배가 동글 나온 젖먹이 라이따이한이 떠오르면서 사장은 뒷머리가 쭈볏 서는 걸 느낀다. 그러나 이젠 어쩌랴. 20세기는 다 갔다. 이젠 21세기가 있을 뿐이다. 21세기 비 오는 날……. 다른 무명작가를 찾아 직접 나서볼까도 생각해보지만, 좀 막연하다.

그 여자의 젖은 머리 위로 비가 내리고 있다는 사실을 안 것은 가로등 불빛 아래 가는 빗줄기가 비친 탓이다. 우산을 사장 차 안에 두고 내린 것도 그 여자는 그때 깨닫는다. 회사 앞 사우나는 문을 열었을 것 같지 않다. 시계를 차고 다니지 않는 그 여자로서는 시간을 알 수도 없는 처지다. 안마를 받을 수 있는 사우나가 어디일까. 호텔들, 안마 시술소들, 24시간 편의점들, 가로등들이 거리를 밝혀준다. 택시를 잡으려고 두리번거려 보던 그 여자는 이번에는 핸드백을 두고 온 걸 안다. 그 여자는 머리를 쥐어뜯고 싶다. 어깨가 욱신거리고 허리께가 따끔거린다. 그때다, 눈에 익은 안마사를 본 것은. 불빛에 얼룩져 겨우 보이는 반가운 얼굴, 길 건너편에서 승용차에 오르고 있는 안마사 소녀, 시각장애인용 선글라스를 낀 그 소녀는 젊은 남자의 안내를 받아 빨간 스쿠프에 오르고 있다. 안마시술소 앞이다. 그 여자의 뇌리 속으로 "빨간 ……" 하고 소녀가 하던 말들이 스치고, 멀쩡하던 얼굴에서 핏기가 가시고 횡설수설 시작하는 남편의 말들이 스친다. "그러면 안 돼……" 그렇게 중얼거리며 그 여자는, 허리 쪽으로 손을 뻗다가 말고, 엉거주춤하게, 달려가는 스쿠프 뒤를 따라 몇 발짝 걸어가본다. 원피스 차림의 그 여자 스타킹에 빗물이 튀고 있다.

「20세기 비 오는 날」은
이렇게 썼다

비 오는 날과 한국 소설

'내 문학의 고향은 어디인가' 하고 나는 가끔씩 자문하는 때가 있다. 그렇게 자문할 때의 내 상황에 따라 대답은 달라지지만, 대개 나는 내 사춘기 또는 청소년기의 눅눅한 방을 자연스레 먼저 떠올리곤 했다. 연일 계속되는 장마로 집안 전체가 눅눅해 있던 때, 식구들은 집을 비운 채이고 나 혼자 남아 방 안에서 뒹굴면서 읽곤 하던 소설책들……. 중학생에서 고등학생으로 넘어가던 그 무렵, 그러니까 1970년대 초·중반 나는 그때 문학에 대한 열병을 앓고 있으면서도 책 읽는 일에 깊이 빠져들지는 못하고 있었다.

그나마 심취해 있었다고 감히 자랑삼아 말하게 되는 책들이 누런 표지에 비닐로 책갑이 입혀진 수십 권짜리 『한국문학 전집』

과 신구문화사에서 발간한 『선후 세대 한국문학』이라는 이름의 전집, 그리고 1960~70년대 작가 중심으로 짜여진 어느 출판사의 소설 전집 등이었다. 맨 앞의 것은 아버지가 그 몇 년 전의 어느 해 크리스마스를 앞두고 구입하신 걸 내가 별로 반기지 않았던 기억이 나는 것이었고, 가운데 것은 언젠가부터 전체 몇 권이 되는지 알 수 없는 채로 집안에 굴러다니던 것들이었으며, 맨 나중 것은 우리 집 주변에 와서 자취하며 지내던 사촌누나 집에서 빌린 것들이었다. 그 몇 년 동안, 나는 그때까지의 한국 현대문학사, 아니 적어도 한국 현대소설사를 다 체험했다고 볼 수 있다.

요즘 기술되는 20세기 한국 문학사에서도 빼놓지 않는 1960년대까지의 대표작들이 거기 포함되어 있었고, 그 이후 우리 문단의 핵심으로 부상되는 1970년 전후 등단작가들의 초기작들이 역시 거기에 포함되어 있었던 것이다. 문학가, 소설가가 되겠다고 막연히 마음먹은 때는 그보다 더 일찍이었지만, 그 장래희망을 아주 구체화해준 고향이 바로 그 시절 그 방이었다고 나는 생각한다. 책 읽기보다 직접 써보는 것을 더 좋아했던 나는 그들 작품들을 읽고 흉내 내면서 사춘기적 고민이며 청소년기의 방황이며 입시 교육에 억눌린 마음들을 견뎌내고 있었다.

그 후 내 고민이 개인적이거나 원초적인 것에서 점점 더 현실적이며 사회적인 것으로 확장되어갈 때, 특히 도대체 우리나라의 상황이 왜 이런가 하고 '민족적 울분'에 젖게 될 때, 그 무수한 한국 문학사의 소설들 중에서 특별나게 떠오르는 작품이 몇 있었는데, 대표적으로 그 책 읽던 내 눅눅한 방과 함께 떠오른 것이 바로 손창섭의 「비 오는 날」이었다. 아마 신구문화사 판 전집 『전후 세대 한국문학』 중 한 권으로 읽었을 것이다. 「비 오는 날」 자체만 떠오른 게 아니었다. 손창섭의 소설은 무엇이든 내게는 눅눅한 방의 이미지로 다가와 있었다. "모가지를 뎅겅 잘라서 혈서나 쓸까" 하는 「혈서」도 그랬고, 말뜻도 잘 이해할 수 없었던 「잉여인간」도 그랬다. 전체가 비 오는 날, 온 세상이 질퍽질퍽하고 지리멸렬해져 있고 눅눅해진 방에서 도무지 혼자만의 고독한 병을 앓으며 자학하는 사람들이 소통 불가능한 시를 짓고 있는 그런 분위기였다.

성장기의 정신적 편력이야 누구든 어둠침침하기 마련일 테지만 나 자신이 특히 그런 분위기 속에서 살고 있다고 생각했는데, 나는 나아가 그런 게 바로 한국의 현실이라고 생각하고 있었다. 한국의 현실은 비 오는 날 진흙탕이 된 세상에서 분열과 가난에 떨게 된 민족의 현실이다. 나는 그런 식으로 생각했던 게 분명하다. 내 고독은 우리 민족을 생각할 때마다 더 심각해졌는데, 그럴 때마다 「비 오는 날」의 이미지를 작품으로 구축해보려고 애썼던 것 같다.

비 오는 날과 1980년 체험

비 오는 날의 이미지를 형상화한 작품이야 무수히 많을 것이다. 상큼한 서정, 감칠맛 나는 절제의 미학을 자랑하는 황순원 선생의 「소나기」를 모르는 사람이 없을 터. 그 간결한 문체, 뛰어난 묘사력을 나는 일찍이 나의 한국 현대소설사에서 만났고, 그 흉내를 내면서 점점 선생과의 만남을 꿈꾸곤 했으며, 나중에는 선생이 교수로 재직하는 대학에 지망해 입학하기까지 했다.

대학 시절, 그러나 현실은 너무 어두웠고 나도 어두웠다. 비 오는 날과 민족적 현실과의 만남은 아마도 한참 후에나 읽게 된 윤흥길의 「장마」에서도 확인하고 조세희의 『난장이가 쏘아올린 작은 공』의 철거민의 집에서도 느꼈지만, 그런 것들처럼, 소설가가 되기를 꿈꾸며 대학에 입학한 나는 유신 말기의 그 두렵고 무거운 사회 현실의 무게를 어떻게든 내 특유의 감수성을 무기로 소설창작으로 이어가려 했지만 제대로 뜻을 이루지 못했다.

그 무렵 부쩍 많은 시를 쓰고 있었는데, 특히 유신 말기인 1979년 10·26을 거쳐 잠깐 서광을 비추던 1980년 민주화의 봄이 무참히 꺾여가던 시절 나는 다시 손창섭의 「비 오는 날」의 이미지를 떠올리며 여러 편의 시를 썼다. 「비 오는 날」을 비롯해 9편의 시를 계간 『문학과 지성』에 투고한 것은 대학 3학년 때인 1980년 4월이었다. 2학년 겨울을 처참한 기분으로 보내고 난 뒤에 맞은 봄이었다. 그 사이 친한 이들 몇이 일간지 신춘문예에

시 당선으로 등단한 일이 있었고, 신군부가 이원집정부제를 구상하며 정권을 장악하고 있다는 소문이 무성한 가운데 학교는 개강 직후부터 술렁대기 시작하더니 4월 들자마자 학교 경영의 비리와 모순을 비판하고 개선을 요구하는 대대적인 투쟁이 시작되었다.

왜 이리 찢어지고 갈리고 지지고 볶는가……. 나의 한탄이 손창섭 소설 「비 오는 날」의 이미지와 다시 만났다. 그 뒤에 일어날 역사에 대해서도 나는 이미 알아버렸다고 할 수 있다. 미래를 믿을 수 없는 암담한 처지, 나와 민족이 모두 같았다. 시를 투고하고 난 이후에 5·18을 만나고, 석 달 열흘의 길고 긴 휴교 사태 속에 묻혔다. 비 오는 날의 분위기와 이미지는 현실에서 거듭 나타났다. 『문학과 지성』에서 전화가 온 것은 7월 초였다. 이미 전국이 삼엄한 계엄령 속이었고, 광주의 혼령들이 이 나라 이 강산을 떠돌아다니고 있는 중이었다.

나는 어리고 딱한 대학생 차림으로 『문학과 지성』에 찾아가 나를 시인으로 뽑아준 저명한 비평가 선생들을 만났다. 내가 투고한 시 중에서 「비 오는 날」과 「데탕트 '80」, 「하현달」이 8월 중순에 발간되는 『문학과 지성』 가을호에 실리게 되었으니 교정을 볼 게 있으면 보라는 말씀이었다. 다만 당시 계엄령하에서 모든 출간물들을 사전 검열하는 과정을 통과하지 못할 수도 있으니 스스로 판단해서 '수상해 보일 수 있는 구절'은 고치는 것이 좋겠다는 조언이 얹으졌다. 그때 그분들과 나눈 대화 중에 이런 내용이 있었다.

"신군부에서 신문 몇 개하고 잡지 몇 개를 폐간시키려고 하는데 그중에 『문학과 지성』, 『창작과 비평』 등이 후보 명단에 올라가 있는 모양이다."

소위 5공 정부 출범의 사전 작업의 하나로 언론 통폐합을 실시한다는 소식을 전해 들은 것이었는데, 어린 나는 그 말뜻을 잘 몰랐다. 시인이 된다는 생각에 얼떨떨하기도 했고, 어서 시인이 되어야겠다는 생각에 마음이 들뜨기도 했다. 검열에 대비해 자구 몇 개를 수정해서 갖다주었다. 『문학과 지성』 등 신문과 잡지 다수가 폐간되었다는 뉴스를 나는 그해 8월 초 낙향한 고향 집 대청에 누워 들었다. 시인이, 나는 되다 만 채였다.

한국 소설사와 나의 문학

이러쿵저러쿵 우여곡절을 겪으면서 시인으로 문학평론가로 10여 년 세월을 활동하다가 나는 좀 멀리 우회해서 소설가가 되었다. 1970년 초·중반의 한국 현대소설사에 뒤이어지는 한국 문학사를 나는 그 우회 중에 몸으로 부딪치면서 이해했다고 볼 수 있다. 나아가 한국 문학사가 내 역사일 수 있다고 나는 생각했다. 문학인이면 누구나 자기가 겪은 문학사가 자기 역사이지 않겠느냐고 반문할 수도 있을 테지만, 어쨌든 나는 그렇다고 생각했다. 게다가 나는 서양의 많은 문학작품들이 작품 안에서 자기네 문학이며 역사며 각종 문화적 사실이며를 참으로 많이 언급하고 재해석함으로써 나름의 형식을 새롭게 구축하고 있다는 사실에 자주 '민족적 자존심'이 상하곤 했다. 내 소설 속에 한국 소설사 또는 한국 소설사로 대표되거나 집약될 수 있는 한국 문화사와 한국 역사를 담자. 나는 그런 생각을 많이 했다.

이 문제는 다른 한편으로는 왜 한국 소설에는 삶의 환경이 다양하게 수용되고 있지 않은가 하는 평소부터의 내 불만과 연계되었다. 우리 소설의 주인공 직업은 몇 가지나 될까. 언젠가 그런 것을 조사한 글을 본 적이 있지만, 우리 소설 속의 직업이 대단히 한정적이라는 게 내 판단이었다. 뿐만 아니라 주인공이 룸펜인 소설이 우리나라 소설 중에는 너무 많다. 주인공의 직업이 다양하건 아니건, 직업이 실업자건 아니건 그건 문제가 안 될 수도 있다. 뭐가 문제인가 하면, 그 인물들의 삶의 전문성이 확보되어 있지 않다는 건 정말 심각한 사실이었다.

직업인이건 실업자건 간에 삶을 영위해간다고 할 때 현실적으로 부딪치는 무수히 특수한 요소들, 즉 그 나름의 전문적 요소들이 느껴지지 않는 인물들이 우리 소설에 너무 많아서 '동시대적인 공감대'를 얻지 못하고 있다는 것이 내 생각이었다. 그렇다면 내 소설에는 어떤 전문적 요소가 들어올 수 있을까. 그런 식으로 생각하다 보니 내 역사, 나의 한국 문학사가 절로 생각되었고, 그래서 '문학사와 함께 하는 특수한 사소함'이 곧 전문적 요소가 될 수 있다는 판단이 섰다.

나로서는 등단작이랄 수 있는 단편소설 「날아라 지섭!」(1994)의 지섭이라는 인물이 바로 정작은 속물일 뿐이면서도 『난장이가 쏘아올린 작은 공』에서 멋진 지식인으로 나오는 한지섭의 면모를 닮으려 애쓴 사람이며, 두 번째 단편소설 「날아라 동혁!」(1994)의 동혁이라는 인물 역시도 마누라를 죽이고 외국으로 튀려는 뜨내기일 뿐이면서 한편으로는 저 유명한 『상록수』(심훈, 1935)의 남자 박동혁과 「객지」의 영웅 이동혁에게 핏줄을 이었다고 자부하던 인물이었다.

나의 역사로서의 한국 문학사, 인물의 직업적 전문성으로서의 한국 문학사를 나는 「20세기 비 오는 날」(1995)에다 집어넣기에 이르렀다. 이쯤 되면 소설 제목이 어째서 그냥 '비 오는 날' 정도에 그칠 수 없었던 것인지 이해할 수 있을 것이다. 그러나 이 소설이 어차피 소설인 바에야 내 역사성, 내 전문성이라고 해도 다분히 '픽션'스러운 요소들을 여기저기서 따와 두루 섞고 엮고 비틀고 다듬고 하는 과정이 필요했다. 그래서 이 소설의 소재라는 것들이 사실은 모두가 이 시대, 과거에 입은 상처가 속에서 더욱 부패하고 있는 데도 아닌 척 없었던 척 마구잡이로 잊고 때려 부수고 그냥 넘어가면서 새로운 시대가 왔노라고 소리치는 망각의 풍조 속에 떠돌아다니던 무수한 풍문들이 각종 에피소드로 끌려

들어온 것들이다.

가령 작중에서 정신병을 앓는 남편은 한때 수재이던 한 명문대 학생이 운동권으로 활약하다가 고문을 받고 그 후유증으로 평소에는 멀쩡하다가 아주 가끔씩 병이 도지는 정신질환자가 되었다는 소문에서 얻은 것이고, 출판사 사장은 베트남 참전 경험을 소설로 써서 그 계통의 기성 전문 소설가를 찾아가 지도를 받으려다가 일언지하에 거절당한 바 있는 한 아마추어 소설가 얘기에다가 실제로 자신의 그런 아마추어적인 문학 경험을 믿고 스스로 대단히 문화적인 사람으로 착각해서 출판사 사장이 된 많은 사람들 얘기를 섞어서 만든 인물이며, 출판사 기획부장 직함(실제로는 편집부장)인 그 여자는 어느 정도의 교양과 지식과 미모와 세계관을 갖추었다고 생각하는 보통의 출판사 편집부장의 모습에서 따왔다.

자본주의의 변화와 나의 소설

나는 소설 속에서 기획된 '비 오는 날'에 관계된 책을 실제로 기획한 적이 없지만, 그 못지않은 책들을 많이 기획했고, 그 편집과정이며 판매과정을 잘 알고 있었으므로 그런 사연을 언급하는 것은 손쉬운 일이었다. 남편의 파일 속에 만화화하기 위해 요약되어 있는 것으로 그려진 한국 소설에 관한 기록들은 실제로 내가 우리 소설을 만화화하는 일의 기획에 참여하면서 기록해

둔 자료를 조금씩 변형한 것들이다. 즉, 이 소설에 담긴 직업적인 내용은 문학 기획자로서의 내 체험이 녹아든 경우라 할 수 있다. 그러나 나는 이 소설이 소설가가 쓴 소설이 아니라 비평가가 쓴 소설이라는 느낌이 들어서는 안 된다고 생각했다. 그것은 내가 비평가였기 때문에 다른 사람들이 선입견을 가지고 내 소설을 읽어서는 안 되겠다는 생각 때문이기도 했고, 실제로 문학사적 체험이 그대로 녹아든 내용이 많아서 자칫하면 이게 그런 식의 '지식인 소설' 내지 '문학인 소설'의 범주로 파악될 것 같아서이기도 했다.

나는 내가 말하고자 하는 뜻이 아무리 고차원적인 것이라 하더라도 내 소설은 '지식인 소설'의 몸짓으로 독자에게 다가가서는 절대로 안 된다고 생각했다. 내 단편소설 중에는 비교적 그럴 우려가 높은 소설에서도 그 점을 경계하면서 몇 가지를 고려했다. 소설 도중에 인용되는 부분이야 어쩔 수 없다 하더라도, 우선 주 인물인 여성의 변화무쌍하고 감성적인 심리가 반영되는 그런 문체라야 한다고 생각했다. 현재형 시제는 그래서 자연스럽게 채택되었다. 노래방 풍경이랄지 러브호텔 장면 같은 데서는 '속물들의 실생활'이 느껴지도록 애썼다. 연인의 도망을 픽션화한 글을 꾸며넣을 때에도 일부러 장난스러운 느낌이 들도록 했고, 심각하기 이를 데 없는 군홧발의 습격 장면에서도 우스꽝스러운 분위기를 연출했다. 말초적 감각을 건드리는 듯한 외설

스러움이 구석구석에 숨어 있도록 만든 것도 같은 이유이다.

단편소설의 집약적인 효과를 노리기 위해 시간적 환경도 겨우 하루 동안으로 제한했다. 처음과 끝에 등장하는 시각장애인 소녀 안마사에다 얹은 상징성을 자연스럽게 보이도록 하기 위해 무진 애를 썼는데, 특히 눈먼 소녀가 가지고 싶어 하는 것이 '빨간 자동차'라는 사실이 너무 쉬운 상징으로 느껴지지 않도록 애썼다.

그럼에도 불구하고 이 소설이 조금 낯설어 옛날 독자에게는 천박하고 요즘의 독자들한테는 어렵게 읽힐 수도 있겠다 싶기도 했는데, 그 점은 이 소설이 숙명처럼 감당해가야 한다는 판단을 했다. 이 소설은 대상이 어떤 나이 어떤 층이든, 우리의 과거, 우리의 현재를 너무 쉽게 지나쳐가는, 너무 편하게 잊고 지나가는 이 무서운 자본주의, 그 한국 문학사, 그 한국 현대소설사, 그 한국적 자본주의의 20세기 말의 어두운 욕망을 비판해 보이려는 목적이 아주 뚜렷해야만 했기 때문에, 누구에게든 불편하게 읽혀서 읽다가 앞의 것을 되읽지 않으면 헛갈리게 되도록 오히려 가장 애를 썼다.